어린 왕자 될 사하기

순수 고백 에디션

어린 왕자 필사하기

초판 발행 2023년 4월 1일

디자인 김PD

저자 앙투안 드 생텍쥐페리

옮김 애플 준

펴낸이 이일로

펴낸곳 도서출판 라이프하우스

등록일 2009년 2월 24일

대표 전화 0505)369-3877 / 팩스 0504)319-2150

출판사 블로그 http://blog.naver.com/windpaper

가격 7,700원

이 책에 실린 모든 내용, 디자인, 이미지, 편집 구성의 저작권은 도서출판라이프하우스에게 있습니다. 허락 없이 복제하거나 다른 매체에 옮겨 실을 수 없습니다.

ISBN 979-11-87271-20-8   13860

| 차례

어린 왕자 필사하기 5

어린 왕자는 철새들의 이동을 이용해서 떠나왔던 것 같다.

레옹 베르트에게

  이 책을 어른에게 바친 데 대해서 어린이들에게 용서를 청한다. 나에게는 용서를 구할 만한 이유가 있다. 그 어른이 이 세상에서 나하고 가장 가까운 친구이기 때문이다. 또 다른 이유는, 그가 모든 걸 알아들을 수 있고 어린이들 책까지도 이해할 수 있는 사람이다. 세 번째 이유는, 그가 프랑스에서 살고 있는데 그곳에서 굶주림과 추위에 시달리고 있다는 점이다. 그 어른은 위로받아야 할 필요가 있다. 이 모든 이유가 부족하다면, 과거 어린이 시절을 간직한 그 어른에게 이 책을 바치고자 한다.
  어른도 한때는 어린 시절을 거쳐 살아왔다(그러나 그것을 기억하는 어른은 별로 없다). 그래서 나는 이 헌사를 고쳐 쓰련다.

어린이였던 레옹 베르트에게

1

내가 여섯 살 적에 한번은 〈체험 이야기〉라는 원시림에 관한 책에서 굉장한 그림을 보았다. 보아 뱀이 맹수를 집어삼키는 그림이었다.

이 그림은 그것을 옮겨 그렸다.

책에는 이렇게 쓰여 있었다.

"보아 뱀은 먹이를 씹지 않고 통째로 집어삼킨다. 그런 다음 꼼짝을 안 하고 다 소화할 때까지 여섯 달 동안 잠을 잔다."

그래서 나는 정글에서 벌어지는 일들에 대해 곰곰이 생각했고, 색연필을 가지고 생애 첫 그림을 그리고야 말았다. 내 첫 그림은 이러했다.

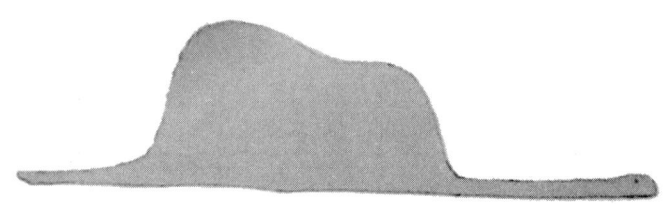

나는 내 그림을 어른들에게 보이며 무서운지 물었다. 어른들은 반문했다.

"모자가 왜 무섭다는 거지?"

내 그림은 모자가 아니었다. 코끼리를 소화하는 보아 뱀이었다. 그래서 나는 어른들이 알아볼 수 있도록 보아 뱀의 배 속을 그려 보았다.

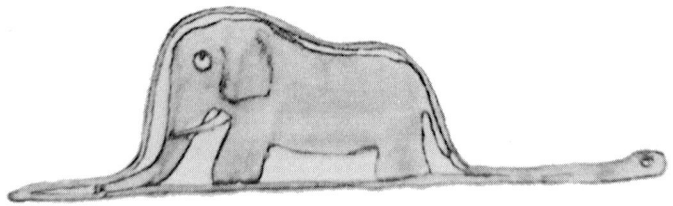

어른들은 언제나 설명을 들려주어야 아는 것이었다. 내 두 번째 그림은 이랬다.

어른들은 나보고 속이 보이는 보아 뱀과 속이 안 보이는 보아 뱀 그림은 집어치우고, 차라리 지리, 역사, 산수, 문법에 취미를 붙이는 것이 좋을 거라고 충고했다. 이리하여 나는 여섯 살 적에 훌륭한 화가가 되고 싶다는 꿈을 포기했다.

나는 생애 첫 그림과 두 번째 그림이 성공을 거두지 못하자 낙심하였다. 어른들은 혼자서는 아무것도 이해하지 못한다. 그렇다고 언제나 그분들을 쫓아다니며 설명해 준다는 것은 어린이에게 피곤한 일이다.

이리하여 나는 다른 직업을 선택해야 했고 비행기 조종법을 배웠다. 나는 세계 이곳저곳을 날아다녔다. 이때 지리 공부가 내게 많은 도움이 되었다. 한번 흘깃 보기만 해도 중국과 애리조나를 구별할 수 있었으니까. 지리는 야간 비행에 길을 잃었을 때 매우 유용했다.

이렇게 나는 살아오면서 진지한 사람들을 많이 만났다. 어른들과 같이 오랜 세월을 보냈고 아주 가까이에서 그들을 지켜보았다. 그렇다고 해서 어른들에 대한 내 생각이 좋은 쪽으로 바뀌지 않았다.

좀 영리해 보이는 분을 만나면 늘 간직하던 내 생애 첫 그림을 보여주며 시험했다. 그분이 내 그림을 정말 알아볼 수 있는지 알고 싶었다. 그러나 돌아오는 대답은 늘 오답이었다.

"모자로군."

그런 때에는 보아 뱀이나, 원시림, 아니 별에 관한 이야기는 하지 않았다. 그분이 알아들을 수 있게 카드 게임이나, 골프, 정치, 넥타이에 관해서 이야기했다. 그러면 그 어른은 똑똑한 사람을 알게 되었다며 매우 좋아했다.

2

 이런 이유로 나는 서로 가슴을 열고 허심탄회하게 이야기할 만한 사람도 없이, 6년 전 사하라 사막에서 비행기가 고장을 일으킬 때까지, 혼자서 살아왔다. 엔진에 결함이 생겼다. 정비사도 승객도 없었기 때문에 혼자서 어려운 수리를 해내야 했다. 내게 있어서 그것은 죽느냐 사느냐의 문제였다. 겨우 일주일 동안 마실 물만 남았을 뿐이었다.
 첫날 밤, 나는 사람 사는 곳에서 수천 마일 떨어진 사막에서 잠이 들었다. 넓은 바다 한가운데 뗏목을 탄 조난자보다 훨씬 더 외로운 신세였다. 그러니 해 뜰 무렵에 작고 여린 목소리가 나를 깨웠을 때, 얼마나 놀랐겠는가. 그 목소리는 이렇게 말했다.
 "아저씨…… 나 양 한 마리만 그려줘."
 "응?"
 "양 한 마리만 그려줘."
 나는 벼락이라도 맞은 것처럼 후다닥 일어섰다. 눈을 비비고 자세히 쳐다보았다. 나를 심각하게 바라보는 어린 친구가 보였다.
 어린 왕자를 그린 그림 가운데 이 그림이 그와 가장 닮은 초상화이다. 물론 내 그림보다 어린 왕자 실물이 훨씬 더 아름답다. 그러

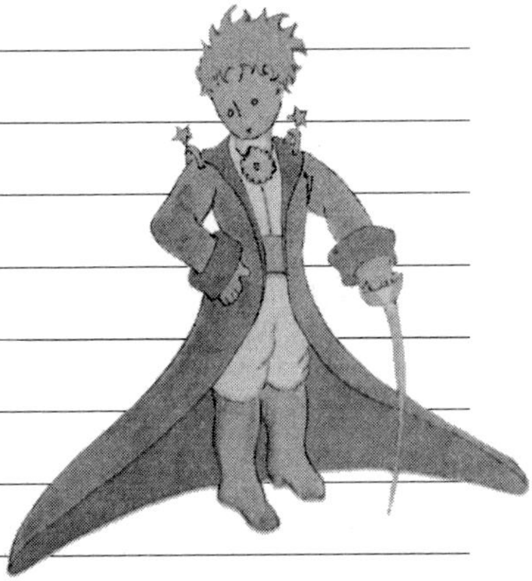

나 이것은 내 탓이 아니다. 여섯 살에 어른들로 인해 화가로서의 장래를 포기한 이후로, 전혀 그림을 배운 일이 없었으니까. 속이 보이는 보아 뱀과 속이 안 보이는 보아 뱀 그림을 그린 것이 전부였다.

나는 휘둥그레진 눈으로 이 허깨비를 쳐다보았다. 여러분은 내가 사람 사는 지방에서 수천 마일 떨어진 사막에 불시착했다는 사실을 잊어서는 안 될 것이다. 그런데 이 어린 친구는 길을 잃은 아이 같아 보이지 않았다. 몹시 고달픈 것 같지도 않았고, 배고프다던가, 목이 마른다던가, 무서워서 벌벌 떨지도 않았다. 사람 사는 곳에서 수천 마일 떨어진 사막 한 가운데서 길을 잃은 아이로 보이지 않았다.

나는 말문을 열었다.

"거기서 뭐 하는 거야?"

그는 아주 중대한 일을 말하는 목소리로 다시 말했다.

"아저씨…… 나 양 한 마리 그려 줘."

너무 이상한 일을 당했을 때는 그것을 감히 거스르지 못하는 법이다. 사람 사는 곳에서 수천 마일 떨어지고 죽을 위험에 처한 상황에서 도무지 이건 말이 되지 않는다고 생각하며 주머니에서 종이 한 장과 만년필을 꺼냈다. 그러나 나는 지리, 역사, 산수, 문법을 배운 것이 전부라는 걸 떠올리고는 (살짝 기분이 상해서) 그림을 그릴 줄 모른다고 말했다. 그러자 그는 이렇게 말했다.

"괜찮아. 양 한 마리만 그려 줘."

나는 양을 그려 본 일이 전혀 없었기 때문에 내가 그릴 줄 아는 두 가지 그림 중에서 하나를 그려 보냈다. 속이 들여다보이지 않는 보아 뱀 그림이었다. 그런데 그 어린 친구는 놀랍게도 이렇게 답하는 것이었다.

"아니야! 아니야! 언제 내가 코끼리 삼킨 보아 뱀 배 속을 그려 달랬어? 보아 뱀은 매우 위험하고 코끼리는 아주 커서 다루기 힘들어. 우리 집은 아주 작아. 난 꼭 양이 있어야 해. 나 양 한 마리만 그려 줘."

그래서 나는 양을 그렸다. 그랬더니 그는 자세히 들여다보더니 한다는 소리가,

"아니. 이 양은 벌써 잔뜩 병들었는데, 다른 양 한 마리만 그려 줘."

나는 다시 양을 한 마리 그렸다. 그러자 어린 친구는 할 수 없다는 듯이 생글 웃었다.

"잘 봐, 아저씨. 이건 양이 아니고 숫양인데, 뿔이 있으니 말이야."

다시 양을 그렸다. 그러나 그 그림도 이전 그림들처럼 거절당했다.

"이 양은 너무 늙었어. 난 오래 살 수 있는 양을 갖고 싶어."

엔진을 수리해야 할 일이 급하기에 더 이상 참을 수 없어, 그림을 아무렇게나 끄적거려 놓고 그림을 내밀었다.

"이건 상자다. 네가 가지고 싶은 양은 이 안에 있다."

그러자 뜻밖에도 어린 재판관 얼굴이 밝아졌다.

"이게 바로 내가 갖고 싶은 그림이야! 이 양에게 풀을 많이 줘야 할까?"

"왜?"

"우리 집은 무척 작거든."

"풀은 충분해, 내가 준 양은 매우 적단다."

그는 머리를 숙여 그림을 들여다보더니,

"그렇게 작지 않은데…… 봐! 양이 잠 들었어!"

나와 어린 왕자는 이렇게 처음 만났다.

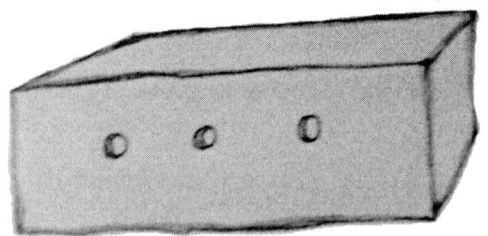

3

그가 어디서 왔는지 아는 데 오랜 시간이 걸렸다. 어린 왕자는 내게 여러 가지를 물어봤지만 내가 묻는 말에 조금도 귀담아듣지 않았다. 비밀을 차츰차츰 알게 된 건, 우연히 말한 것들 덕분이었다. 가령 그가 내 비행기를 처음 보았을 때(내 비행기는 그리지 않으련다. 내 실력으로 그리기에는 너무 복잡한 그림이다.) 이렇게 물었다.

"이 물건은 뭐야?"

"이건 물건이 아니라 날아다니는 거야. 비행기라고, 내 비행기."

내가 하늘을 날 수 있다는 사실을 알려주는 것이 자랑스러웠다. 그랬더니 어린 왕자는 소리쳤다.

"뭐라고? 아저씨 하늘에서 떨어졌어?"

"그래."

나는 대단치 않은 일인양 답했다.

"와, 거 참 재미있다!"

어린 왕자는 매우 유쾌하게 웃었는데, 그 행동이 몹시 내 비위를 건드렸다. 나는 사람들이 내 불행을 비웃는 것이 싫었다. 게다가 어린 왕자는 이런 말을 덧붙였다.

"그럼 아저씨도 하늘에서 왔군! 아저씬 어느 별에서 왔어?"

순간 나는 신비로운 그의 존재를 알아낼 단서에 서광이 비침을 깨닫고 물었다.

 "그럼 너는 다른 별에서 왔다는 거니?"

 그러나 내 말에는 답하지 않고 비행기를 들여다보면서 머리를 끄덕였다.

 "하긴 아저씨가 이걸 타구 멀리서 오진 못 했겠군."

그러더니 오랫동안 곰곰이 생각에 잠겼다. 내가 그려 준 양을 주머니에서 꺼내더니 보물처럼 뚫어지게 들여다보고 있었다.

그가 털어놓은 다른 별 이야기가 마음에 걸렸다. 그래서 좀더 사정을 알아보려고 애썼다.

"애야, 넌 어디서 왔니? 네 집은 어디야? 내가 그려준 양을 어디로 가져가려고 그러니?"

어린 왕자는 곰곰이 생각하더니, 이런 대답을 했다.

"아저씨가 준 상자 말이야, 그게 밤에는 양이 쉴 수 있는 집으로 쓸 수 있어서 좋아."

"네가 말만 잘 듣는다면 낮에 양을 묶어둘 고삐도 줄 테다. 고삐를 맬 수 있는 말뚝도 주고."

이 제안이 어린 왕자에게 충격을 준 것 같았다.

"양을 묶어? 참 망측한 생각인데!"

"하지만 묶어놓지 않으면 양은 아무 데나 가 버릴 거야. 양이 길을 잃게 될 거야."

그랬더니 이 친구는 다시 한번 웃음을 터뜨렸다.

"아니, 양이 가긴 어딜 가?"

"어디든지 갈 수 있어. 곧장 앞으로 가버리니까……."

어린 왕자는 웃음을 거두고 진지하게 말했다.

"괜찮아, 내 집은 아주 작으니까!"

아마 서글픈 생각이 들었는지 덧붙였다.

"곧장 앞으로 가도 멀리 갈 수 없어."

4

이렇게 해서 나는 또 한 가지 중요한 사실을 알게 되었다. 그것은 어린 왕자가 살던 별이 집 한 채보다 조금 더 클 뿐이라는 사실이다.

나는 솔직히 이상하게 생각하지는 않았다. 사람들이 이름 붙인 지구, 목성, 화성, 금성 같은 떠돌이 큰 별들 말고 너무 작아서 망원경으로도 찾아보기 어려운 떠돌이 작은 별들이 있다는 걸 잘 알고 있었으니까. 천문학자는 그런 별을 하나 발견하면 이름 대신 번호를 붙였다. 예를 들면 '소행성 325호'라고 부르는 것처럼 말이다.

나는 어린 왕자가 살던 별이 '소행성 B612호'라고 믿는다. 그럴 만한 충분한 이유가 있다. 이 소행성은 1909년에 터키 천문학자가 망원경으로 딱 한 번 보았을 뿐이다. 이 천문학자는 그때 국제 천문학회에서 자신의 대단한

발견을 증명했다. 그러나 그의 전통 옷차림 때문에 아무도 그의 말을 믿지 않았었다. 어른들은 이렇게 생겨 먹었다.

터키의 독재자가 나타나 국민에게 양복 입기를 명했고 거역하는 자는 사형에 집행하겠다고 했다. 천문학자는 1920년에 멋있는 양복을 입고 나타나 다시 발표했다. 그랬더니 이번에는 모든 사람이 그의 말을 믿었다.

내가 소행성 B612호에 대해서 이렇게 자세하게 이야기하고 소행성 번호까지 말하는 것은 어른들 때문이다. 어른들은 숫자를 좋아한다. 어른들에게 새로 사귄 친구 이야기를 할 때 정말 중요한 본질에 대해 궁금해하지 않는다. 그분들은 절대로 이렇게 묻지 않았다.

"그 친구의 목소리가 어떠냐! 무슨 놀이를 제일 좋아하느냐? 나비를 수집하느냐?"

오히려 어른들은 이런 방식으로 묻는다.

"나이가 몇 살이니? 형제가 몇이니? 몸무게가 얼마니? 그 애 아버지 얼마나 버니?"

어른들은 이런 질문을 해야 그 친구를 알 수 있다고 생각한다.

만약 어른들에게.

"창가에는 제라늄 화분이 있고, 지붕에는 비둘기들이 노는, 붉은 벽돌로 지은 예쁜 집을 봤어요."라고 말하면, 그들은 집이 어떻게 생겼는지 상상하지 못한다. 어른들에게 이렇게 말해야 한다.

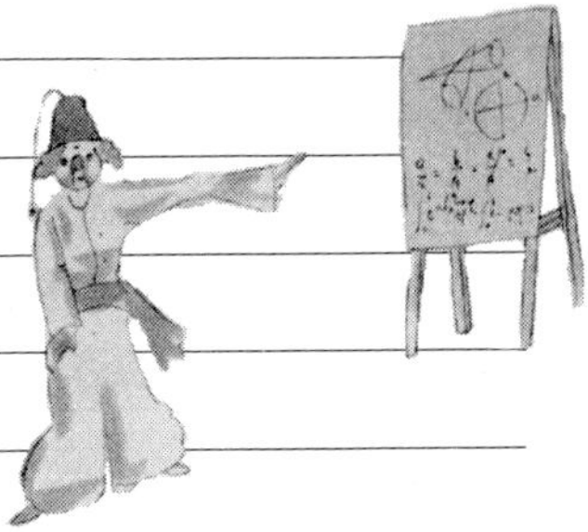

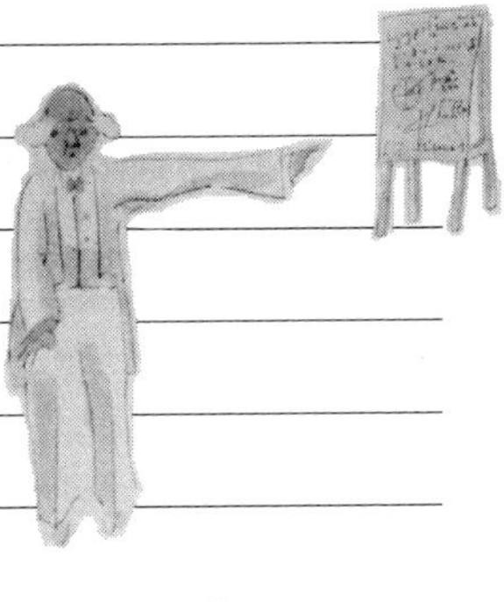

"10억 원짜리 집을 보았어요."

그러면 그들은 감탄할 것이다.

"아, 대단히 훌륭한 집이겠구나!"

"어린 왕자가 무척 아름다웠고, 기분 좋게 웃었고, 양 한 마리를 갖고 싶어 했어요. 누가 양을 가지고 싶어 한다면 그건 어린 왕자가 존재한다는 증거예요."라고 어른들에게 말하면, 그들은 어깨를 으쓱하며 우리를 꼬마 취급할 것이 분명하다.

그러니 이렇게 "그가 떠나온 별이 B612호 소행성이다."라고 말하면 그들은 우리말을 알아들을 것이고 계속 물어보며 귀찮게 하지도 않을 것이다.

어른들은 그런 식이었다. 그렇다고 그런 걸로 그들을 나쁘게 생각해서는 안 된다. 어린이들은 어른들에게 너그러워야 한다.

물론 인생을 이해하는 우리들은 숫자 따위는 개의치 않는다. 나는 이 이야기를 옛날이야기에 나오는 선녀 이야기처럼 시작하고 싶었다. 이렇게 말이다.

"옛날 옛적에 자기보다 좀더 큰 별에 사는 어린 왕자가 있었습니다. 그 왕자는 친구가 그리웠습니다."

인생을 이해하는 사람들에게는 이런 시작이 훨씬 더 진실하게 느껴졌을 것이다. 그렇게 하지 않은 건 나는 사람들이 내 책을 가볍게 읽는 것이 싫었다. 추억을 이야기하자니 수많은 설움이 북받쳐 오른다. 내 친구가 양을 가지고 떠나간 것이 벌써 6년이나 흘렀다.

내가 여기서 그에 대해 이야기하려는 것은 그를 잊지 않기 위해서다. 친구를 잊는다는 것은 슬픈 일이니까. 모든 사람이 그런 친구를 가졌던 건 아닐 것이다. 내가 그를 잊는다면, 나도 숫자에만 흥미가 있는 어른들처럼 될 수 있다. 그렇게 되지 않으려고 그림물감 세트와 연필을 샀다.

여섯 살 적에 고작 속이 들여다보이는 보아 뱀과 속이 안 보이는 보아 뱀을 그려본 일이 전부인 내가, 이 나이에 그림을 다시 시작한다는 것은 어려운 일이다. 물론 할 수 있는 한 가장 비슷하게 그의 초상을 그려보려고 시도하겠지만, 성공할 자신은 없다.

이 그림은 괜찮게 그린 것 같은데, 저 그림은 그와 닮지 않았다. 그림마다 키 차이가 조금씩 난다. 이 그림 속 어린 왕자는 너무 크고, 저 그림 속 어린 왕자는 너무 작다. 옷 색깔도 선택 장애에 빠진다. 그래서 이렇게 그렸다가 저렇게 그렸다가 더듬거리며 그려본다. 결국 나는 중요한 어떤 부분을 잘못 그릴 것이고 실수할지도 모른다. 그렇다해도 나를 용서해달라. 내 친구는 자신에 관해 설명을 해주지 않았다. 아마 자기와 비슷하게 그려줄 거로 생각한 모양이다. 그러나 나는 불행하게도 상자 속 양을 꿰뚫어 보지는 못한다. 아마 나는 조금 어른들과 닮은 것 같다. 분명 나이가 들었나 보다.

5

나는 매일 조금씩 그의 별과 이곳까지 오게 된 이유에 대해서, 그의 여행에 대해서 알게 되었다. 그 기회는 우연히 그리고 천천히 다가왔다. 사흘째 되던 날, 바오밥나무(역주= 열대 지방에서 자라는, 줄기 둘레가 20미터가 넘는 나무)의 비극을 알게 된 것도 이랬다.

이번에도 양 덕분이었다. 왜냐하면 어린 왕자가 무슨 중대한 의문이나 생긴 듯이 갑자기 이렇게 물었다.

"양이 작은 나무를 먹는다는 게 정말이야?"

"응, 사실이야."

"아, 다행이다!"

양이 작은 나무를 먹는 것이 왜 중요한 일인지 알 수 없었다. 어린 왕자는 말을 이었다.

"그러니까 양은 바오밥나무도 먹겠지?"

바오밥나무는 작은 나무가 아니라 성당 만큼이나 큰 나무고 코끼리 떼를 몰고 간다고 하더라도, 바오밥나무 한 그루를 먹어치우지 못할 거라고 어린 왕자에게 알려주었다.

코끼리 떼라는 말에 어린 왕자는 웃음을 터트렸다.

"그럼 코끼리들을 무등 태워서 포개 놓으면 되잖아."

그리고 영리하게도 이런 말을 했다.

"바오밥나무도 자라기 전엔 조그만 나무였지."

"맞아! 그런데 왜 양이 작은 바오밥나무를 먹었으면 하는 거지?"

"아이, 참!"

당연한 걸 물었다는 듯이 대답했다. 그래서 나는 혼자 이 말의 의미를 이해하려고 생각에 잠겼다.

어린 왕자의 별에도 다른 별과 마찬가지로 좋은 풀과 나쁜 풀이 있었다. 따라서 좋은 풀로 자라는 좋은 씨앗과 나쁜 풀로 자라는 나쁜 씨앗도 있었다. 그러나 씨앗은 눈에 잘 보이지 않는다. 땅 밑 씨앗은 그중의 하나가 깨어날 생각이 들 때까지 땅속에서 몰래 잠들고 있다. 그러다 기지개를 켜고 태양을 향해 보드랍고 예쁜 어린 싹을 수줍게 내민다. 만약 무나 장미 싹이라면 마음대로 자라게 내버려 둔다. 그러나 나쁜 풀이라면, 당장 뽑아 버려야 한다.

그런데 어린 왕자의 별에는 나쁜 씨앗이 있었다. 그것은 바오밥나무 씨앗이었다. 그 별에는 자칫 늦게 손을 대면 영영 없앨 수 없게 된다. 바오밥나무는 별 전체를 감싸서 뿌리로 구멍을 파놓는다. 별에 바오밥나무 수가 너무 많으면 별은 터지고 말 것이다.

어린 왕자는 나중에 이런 말을 했다.

"그건 규칙 문제야. 아침 몸단장을 마치면 별도 꼼꼼하게 단장을 해줘야 해. 장미와 바오밥나무를 구별할 수 있게 되면, 규칙적으로 바오밥나무를 뽑아줘야 해. 두 나무가 아주 어릴 적에는 생김새가 비슷하니까. 이건 대단히 귀찮지만 쉬운 일이기도 해."

어느 날 어린 왕자가 나에게 지구에 사는 어린이들 머릿속에 새겨 둘만한 멋진 그림을 하나 정성껏 그려 달라고 했다.

"어린이들이 여행한다면 그림이 도움 될 거야. 자기 할 일을 나중으로 미루어도 괜찮을 수 있지만, 바오밥나무의 경우에는 큰 사고로 이어질 수 있거든. 나는 어느 별에 사는 게으름뱅이를 알고 있어. 그 게으름뱅이는 작은 바오밥나무 돌보는데 허술하게 행동했어."

어린 왕자가 알려주는 대로 게으름뱅이가 사는 별을 그렸다. 나

는 도덕 선생 말투로 훈계하는 것을 싫어한다. 그러나 바오밥나무의 위험성에 대해 알려진 바가 없고, 또 길을 잘못 들어 소행성에 발을 들여놓은 사람이 겪을 크나큰 위험을 무시할 수 없어서 이번만은 예외로 하기로 했다.

"어린이들아, 바오밥나무를 조심해!"

내가 이렇게까지 그림에 정성을 들인 것은 나처럼 오래 전부터 바오밥나무의 위험성을 내 친구들에게 알려주기 위해서이다. 내 교훈이 그만한 가치는 있으니까. 많은 이들은 아마 이런 궁금증을 품으리라.

"왜 이 책에는 바오밥나무만큼 거창한 그림이 없을까?"

대답은 간단하다. 그리려고 했지만 그리는 데 성공하지 못했다. 바오밥나무를 그릴 때 나는 위험하다는 생각에 잔뜩 사로잡혔다.

6

아, 어린 왕자! 나는 이렇게 해서 조금씩 그의 단조롭고 쓸쓸한 삶을 알게 되었다. 너는 해 지는 풍경을 고요하게 바라보는 것 말고는 즐거운 일이 없었지.

나흘 아침 나는 어린 왕자의 말을 듣고 나서야 새로운 사실을 알게 되었다.

"나는 해 지는 풍경을 좋아해. 우리 함께 구경 가자."

"그렇다면 기다려야 한다."

"뭘 기다려?"

"해가 지길 기다려야 해."

너는 순간 놀라 어색해하더니 이내 웃음을 터뜨리며 말했지.

"난 아직 우리 별에 있는 줄 알았어."

그건 사실이었다. 누구나 알다시피 미국이 정오일 때 프랑스는 해가 진다. 해 지는 것을 보려면 1분 이내에 프랑스로 가면 된다. 불행하게도 프랑스는 너무 멀리 떨어져 있다. 그러나 조그마한 네 별에서는 의자를 몇 발짝만 물리면 충분하지. 네가 보고 싶을 때마다 해 지는 풍경을 구경할 수가 있지.

"하루는 해가 지는 걸 마흔네 번 구경했어."

잠시 후 다시 말을 이었다.

"아저씨도 알지. 몹시 쓸쓸할 땐 해 지는 풍경을 구경하고 싶어져."

"마흔네 번 구경하던 날은 그렇게 쓸쓸했던 거야?"

어린 왕자는 내 질문에 답하지 않았다.

7

닷새 되던 날, 양 덕분에 어린 왕자의 인생 비밀을 알게 되었다. 그는 오랫동안 속으로 생각했던 문제였던 것처럼 갑자기 물었다.

"양이 작은 나무를 먹으니까 꽃도 먹을 테지?"

"양은 닥치는 대로 뭐든지 먹는단다."

"가시 돋친 꽃도 먹어?"

"그럼 가시 돋친 꽃도 먹지."

"그럼 가시는 무슨 쓸모가 있어?"

나는 그것에 대한 답을 알지 못했다. 그때 나는 엔진에 꽉 조인 볼트를 풀어보려고 한참 실랑이하는 중이었다. 비행기 고장이 매우 심각하다는 걸 깨달았고 또 마실 물도 얼마 남지 않았다. 최악의 상황에 대한 염려로 안절부절 못했다.

"가시는 어디에 쓰는 거야?"

어린 왕자는 한 번 물으면 지나치는 법이 없었다. 나는 볼트와 씨름하느라 약이 오른 판이라 아무렇게나 대답했다.

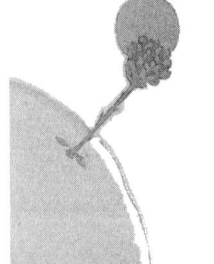

"가시? 그건 아무 소용 없는 거야. 꽃이 심술 났을 뿐이지!"

"그래?"

잠시 묵묵히 있던 어린 왕자는 원망스러운 듯이 말을 톡 쏘았다.

"아저씨 말을 믿지 않아! 꽃들은 연약해. 순진하고. 꽃은 최선을 다해서 두려움에서 벗어나려 해. 가시가 있으면 자기들이 아주 무섭게 보일 거로 생각하는 거야."

나는 아무 대답도 하지 않았다. 그때 나는 이런 생각을 하는 중이었다.

'요놈의 볼트가 꼼짝을 안 한다면 망치로 두들겨 깨 버리리라.'

어린 왕자는 다시 내 생각을 방해했다.

"아저씨 정말 그렇게 생각하고 있는 거야? 꽃들이…."

"아니, 아니! 나는 아무것도 생각하고 싶지 않다. 그저 아무 말이나 되는대로 대답한 거야. 나는 지금 중요한 일을 해야 한다고!"

그는 어이가 없다는 듯이 나를 쳐다보았다.

"중요한 일?"

어린 왕자는 나를 바라보았다. 시커먼 기름투성이 손으로 망치를 든 채 어떤 물체에 몸을 굽히고 있는 나를.

"아저씨도 어른들처럼 말하는군!"

이 말을 듣자 나는 조금 부끄러웠다. 그러나 그는 사정 없이 말했다.

"아저씨는 혼동하고 있어. 모든 걸 뒤죽박죽으로 만들었다고!"

그는 엄청 화가 나 있었다. 그의 황금빛 머리카락이 바람에 휘날리고 있었다.

"나는 얼굴이 빨간 신사가 사는 별에 대해 알아. 그는 꽃향기를 한번도 맡아 본 적이 없어. 별을 본 적도 없고. 누구를 사랑한 적도 없어. 계산 말고는 다른 걸 해 본 일이 없는 사람이야. 그리고 하루 종일 아저씨처럼 말했어. '나는 중요한 사람이다! 나는 착실한 사람이다!'라면서 중얼거리며 잘난 척 했지. 하지만 그 아저씨는 사람이 아니야. 버섯이었어!"

"뭐라고?"

"버섯이란 말이야!"

화가 나서 어린 왕자 얼굴이 하얗게 질려있었다.

"수백만 년 전부터 꽃은 가시를 만들어 왔어. 양들이 꽃을 먹는 것도 수백만 년 전부터였어. 그러면 아무 소용 없는 가시를 만드느라 꽃들이 고생하는지 알아보는 게 심각한 일이 아니라고? 꽃과 양이 벌이는 전쟁이 큰일이 아닌 거야? 빨간 얼굴의 뚱뚱한 신사가 하는 계산보다 더 중요한 일이 아니라고? 만약에 내 별을 제외하고 어디에도 없는, 세상에 단 하나밖에 없는 꽃을 알고 있는데, 어느 날 아침 어린 양이 무엇인지 모르고 단번에 그 꽃을 먹어버릴 수도 있는데, 그건 중요한 일이 아니라고?"

그는 얼굴이 빨갛게 달아오른 채 계속 말했다.

"누군가 수백만 개, 수천만 개 별 가운데 단 하나뿐인 꽃을 사랑

한다면, 별들만 쳐다봐도 행복할 거야. 그 사람은 속으로 '내 꽃이 저기 어딘가 있겠지.'라고 생각하거든. 하지만 양이 그 꽃을 다 먹어버린다면, 그건 그 사람에게 별들이 갑자기 빛을 잃은 것과 같아! 그래도 그것이 중요하지 않다고?"

그는 더 이상 말을 잊지 못하고 흐느끼기 시작했다.

이미 해가 진 뒤였다. 나는 손에서 연장을 내려놓았다. 망치와 볼트도, 갈증도, 죽음도 중요하지 않다고 생각하고 있었다. 어떤 별, 어떤 행성, 바로 내 별인 지구에는 위로해야 할 어린 왕자가 있었다. 나는 그를 품에 안았다. 그를 감싸고 달랬다.

"네가 사랑하는 꽃은 위험하지 않아. 양의 입을 막을 입마개를 그려 줄게. 네 꽃에는 갑옷을 그려 줄게. 또 내가······"

무슨 말을 더 해야 할지 알 수 없었다. 내가 무척 서툴게 행동한다는 느낌을 받았다. 어떻게 해야 그의 마음에 다가가 감동하게 하고 그의 마음을 다시 붙잡을 수 있을지 알 수 없었다. 눈물의 나라란 참 알 수 없고 신비한 곳이다.

8

나는 그 꽃에 대해 좀더 알게 되었다. 어린 왕자의 별에는 전부터 꽃잎이 한 겹만 있는 아주 소박한 꽃들이 있었다. 그 꽃들은 자리를 많이 차지 하지 않았고 누군가를 귀찮게 하지 않았다. 그 꽃들은 하루아침 풀 사이에 나타났다가 저녁에는 시들었다.

그러던 어느 날, 어디서 실려 왔는지 날아온 씨앗에서 싹이 텄다. 다른 싹들과 닮지 않은 싹을 어린 왕자는 주의 깊게 살펴보았다. 어쩌면 새로운 종류의 바오밥나무 같았다. 그러나 어린 나무는 자라지 않고 꽃을 피우기 시작했다. 커다란 꽃봉오리가 맺히는 것을 본 어린 왕자는 곧 기적적인 일이 발생할 거라고 예상했다.

그러나 꽃은 초록색 방에 숨어 단장하기에 바빴다. 자기 빛깔을 정성껏 고르고 화려한 옷을 입고 꽃잎을 하나씩 다듬었다. 양귀비처럼 후줄근한 모습으로 나오기 싫었다. 아름다움이 절정에 달했을 때 나타나고 싶어 했다. 자신을 꾸미기 좋아하는 꽃이었다.

알듯 모를듯한 단장이 며칠간 계속되었다. 그러더니 어느 날

아침 해 돋을 무렵, 꽃이 활짝 모습을 드러냈다.

치장을 마친 꽃은 하품을 했다.

"아아함, 이제야 겨우 잠에서 깼네. 용서해줘. 머리카락이 헝클어졌어."

그 순간 어린 왕자는 감탄했다.

"넌 참 아름다워!"

"그렇지? 나는 태양과 동시에 났거든."

꽃은 부드럽게 응답했다.

어린 왕자는 꽃이 겸손하지 않다고 생각했지만 꽃은 마음을 움직일 정도로 아름다웠다. 잠시 후에 꽃이 말을 이었다.

"지금 아침 식사 시간 같은데, 나를 배려할 생각은 있는 거니?"

어린 왕자는 당황했지만 시린 물이 담긴 물뿌리개를 찾아 꽃에 뿌려주었다.

그 후로 장미는 허영심에 가득찬 나머지 어린 왕자를 괴롭혔다. 가령 어느 날 자신이 가진 네 개의 가시를 이야기하다가 어린 왕자에게 말했다.

"호랑이들이 발톱을 내밀고 달려들면 어떡해!"

"우리 별에는 호랑이가 없어. 그리고 호랑이는 풀을 먹지 않거든." 어린 왕자는 대꾸했다.

그러자 꽃은 상냥하게. "나는 풀이 아니야." 하고 대답했다.

"미안해."

"나는 호랑이는 무섭지 않지만 바람 부는 건 무서워. 바람 막아 줄 병풍 없니?"

'바람 부는 것이 무섭다니. 이 꽃은 까다롭군.'

어린 왕자는 이런 생각을 했다.

"저녁이 오면 유리 덮개를 씌워 줘. 네 별은 상당히 춥네. 설비가 썩 훌륭하지 못하고 내가 살던 데는……"

꽃은 말끝을 맺지 못했다. 꽃은 씨앗의 모습으로 왔던 만큼 다른 세상에 대해서는 아무것도 알 수 없었다. 속이 들여다보이는 거짓말 하려다가 들킨 것이 부끄러워지자 어린 왕자에게 뒤집어씌우려고 두세 번 기침했다.

"바람 막아줄 병풍은 어떻게 됐니?"

"가지러 가려던 참인데, 네가 말을 걸어서."

꽃은 어린 왕자에게 양심의 가책을 느끼게 하려고 기침을 더 세게 했다.

어린 왕자는 꽃을 사랑하는 선의를 품었으나

59

곧 꽃을 의심하기 시작했다. 꽃이 아무렇지 않게 한 말을 심각하게 들었고 그로 인해 불행해졌다.

어느 날 어린 왕자가 내게 속사정을 털어놓았다.

"꽃이 하는 말을 듣지 말 걸 그랬어. 꽃이 하는 말을 듣지 말아야 해. 꽃은 바라보고 향기만을 맡아야 해. 내 별에서 향기를 뿌려줬지만, 나는 그걸 즐길 수 없었어. 발톱 이야기를 들을 때는 약이 올랐지만, 가엾게 여길 수도 있는데……"

또 이런 속내도 이야기했다.

"나는 그때 아무것도 몰랐어! 그 꽃이 하는 말을 가지고 판단할 것이 아니라 하는 행동을 보고 판단해야 했는데. 내 꽃은 내게 향기를 주고 내 삶에 빛을 주었어. 내 꽃으로부터 그렇게 도망치지 말아야 했어! 어쭙잖은 꾀 뒤에 숨은 애정을 눈치챘어야 했어.

꽃들은 모순투성이 말을 잘하니까. 그때 나는 너무 어렸기에 꽃을 사랑할 수 없었어."

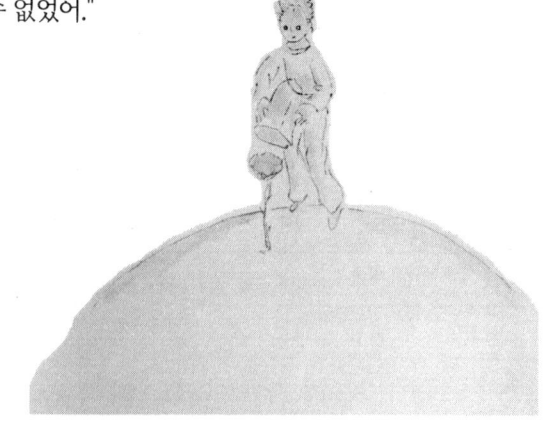

9

어린 왕자는 철새들의 이동을 이용해서 떠나왔던 것 같다.

길을 떠나던 날 아침, 그는 자기 별을 깨끗이 정돈했다. 불을 뿜는 화산도 청소했다. 어린 왕자에게는 두 개의 활화산이 있었다. 아침 식사를 데우는데 편리했다. 그에게는 꺼진 화산도 있었다. 그러나 그는 이렇게 말했다. "언제 불을 뿜을지 알 수 없어." 어린 왕자는 휴화산도 청소했다. 화산들은 청소를 잘하면 폭발하지 않고 조용히 규칙적으로 불을 뿜는다. 화산의 폭발은 굴뚝에서 불이 나는 것과 비슷하다. 물론 지구에 사는 우리는 너무 작아서 화산을 청소할 수 없다. 그렇기에 화산은 많은 재난을 만든다.

어린 왕자는 쓸쓸한 마음으로 바오밥나무의 싹을 뽑아냈다. 이 별에 다시는 돌아오지 못할 거로 생각했다. 그래서일까 매일 해오던 일들이 그날 아침에는 유난히 소중했다. 그리고 마지막으로 꽃에 물 주고 유리 덮개를 씌우려 할 때, 울음이 터져 나올 듯했다.

"잘 있어."

그러나 꽃은 대답하지 않았다.

"잘 있어!"

그는 다시 한번 말했다.

그러자 꽃은 기침했다. 감기 걸린 것이 아니었다.

마침내 꽃이 말했다.

"나는 바보였어. 용서해 줘. 그리고 행복하기를 바랄게."

어린 왕자는 꽃이 함부로 쏘아붙이지 않자 놀랐다. 그는 유리 덮개를 손에 든 채 어쩔 줄 모르고 우두커니 서 있었다. 이렇게 조용하고 다정한 꽃이라니, 이해할 수가 없었다.

꽃은 말했다.

"나는 네가 좋아. 너는 그걸 몰랐지. 그건 내 탓이었어. 지금에 와서 그건 중요하지 않아. 그렇지만 너도 나만큼 바보였어. 나는 네가 행복해졌으면 해. 유리 덮개를 씌우지 말아줘. 이젠 쓰기 싫어."

"그렇지만 바람이……."

"난 그렇게 추위에 약하지 않아. 신선한 바람이 내게 이로울 거야. 나는 꽃이니까.'

"하지만 벌레들이……."

"나비를 보려면 벌레 두세 마리 정도는 견뎌야 해. 나비는 참 예쁘던데, 그렇지 않으면 누가 나를 찾아주겠어? 너는 멀리 가 있을 텐데. 벌레들은 하나도 겁나지 않아. 나는 가시가 있으니까.'

그러면서 꽃은 천진난만하게 가시 네 개를 보여주며 말했다.

"그렇게 우물쭈물하지 마, 속상하니까. 떠나기로 했으면 빨리 가."

꽃은 우는 모습을 어린 왕자에게 보이고 싶지 않았다. 그렇게나 자존심이 센 꽃이었다.

10

 어린 왕자는 소행성 325호, 326호, 327호, 328호, 329호, 330호 주변을 여행했다. 그는 일거리를 찾고 새로운 무언가를 배우기 위해 이 별들을 방문했다.

 첫 번째 별에는 왕이 살고 있었다. 왕은 홍포와 담비 모피로 만든 옷을 입고 위엄 있는 옥좌에 앉아 있었다.

 "아! 신하가 한 명 왔도다!" 어린 왕자를 보자 왕이 소리쳤다.

 어린 왕자는 이상하게 여겼다.

 '나를 한 번도 본 적이 없는데, 어떻게 나를 알아본 거지!'

 왕들의 세상이 아주 간단하다는 것을 어린 왕자는 알지 못했다. 왕은 모든 사람을 신하로 생각했다.

 "좀더 자세히 볼 수 있게 이리 가까이 오너라."

 왕은 새로운 신하의 왕 노릇을 하게 된 사실이 몹시 자랑스러웠다.

 어린 왕자는 앉을 자리를 찾아보았으나 별 전체가 으리으리한 담비 모피로 덮여 있었다. 어린 왕자는 서 있어야 했는데 피로했던 터라 하품이 나왔다. 그러자 임금이 말했다.

 "임금 앞에서 하품하는 것은 예의에 벗어나는 일이니라. 짐은

하품을 금하노라.

어린 왕자는 사뭇 당황해서 이렇게 대답했다.

"하품을 안 할 수가 없습니다. 아주 긴 여행을 하느라 잠을 못 잤어요."

"그렇다면 하품을 명하노라. 짐은 몇 년째 하품하는 사람을 보지 못했노라. 자, 하품을 다시 하라. 명령이로다!"

"그렇게 명령하시니 겁이 나서 하품이 나오지 않습니다."

어린 왕자는 얼굴을 붉히며 말했다.

"음! 그렇다면 짐은 네게 명하노니 하품하고 또 어떤 때는……."

왕은 횡설수설했는데 심기가 불편한 듯했다.

왕은 무엇보다 자기 권위가 존중되기를 원했다. 그는 자신의 명령에 불복종하는 것을 용납하지 않았다. 그는 절대권력을 가진 군주였다. 그러나 왕은 인성이 훌륭한 사람이어서 이치에 맞는 명령만 내렸다.

그는 늘 이렇게 말했다.

"만약에 짐이 어떤 장군에게 물새로 변하라고 명령했는데 그 장군이 명령을 거역한다면 그것은 장군의 잘못이 아니다. 짐의 잘못이로다."

어린 왕자는 조심스럽게 물었다.

"앉아도 되겠습니까?"

"네게 앉기를 명하노라."

이렇게 대답하며 왕은 담비 모피 외투 자락을 점잖게 끌어올렸다.

어린 왕자는 이상한 생각이 들었다. 이 별이 아주 조그마한데, 대체 이 왕은 무엇을 다스리는 걸까?

"전하, 여쭤봐도 될까요?"

"짐은 네게 질문하기를 명하노라."

왕은 서둘러 말했다.

"전하께서는 무엇을 다스립니까?"

"모든 것을 다스리노라."

아주 간단히 대답했다.

"모든 것을요?"

임금은 조심스럽게 자기 별과 다른 별들, 떠돌이 행성들을 가리켰다. 어린 왕자가 물었다.

"저 별들 모두요?"

"이 별들 전부……."

왕은 대답했다. 그는 이 별의 절대적인 군주일 뿐 아니라 전 우주를 다스리는 임금이었다.

"그러면 모든 별이 전하의 명령에 복종합니까?"

"물론이다. 내 명령에 곧바로 복종하지. 짐은 불복종을 용납하지 아니하노라."

어린 왕자는 임금의 권력에 감탄했다. 자기도 이런 권력이 있다면 의자를 뒤로 물리지 않고도 하루에 마흔네 번뿐 아니라 일흔두 번까지, 아니 백 번, 이백 번까지 해 지는 광경을 구경할 텐데.

어린 왕자는 자신이 떠나온 작은 별 생각이 나자 서글픈 마음이 들었다. 그는 용기를 내어 임금에게 한 가지 청을 했다.

"저는 해 지는 풍경을 구경하고 싶습니다. 제 부탁을 들어주세요. 해가 지도록 명령해주세요."

"만약에 짐이 어떤 장군에게 나비처럼 이 꽃 저 꽃으로 날아다

니라거나 혹은 희곡 한 편을 집필하라거나 물새로 변하라고 명령했는데, 장군이 자기가 받은 명령을 이행하지 않는다면, 장군과 짐 중에 누구 잘못인가?"

"그것은 전하의 잘못입니다."

어린 왕자는 단호하게 대답했다.

"옳도다. 누군가에게 명령할 때 그 사람이 할 수 있는 것을 요구해야 하느니라. 권위는 우선 이치에 근거를 두는 것이로다. 만약에 네 백성에게 바다에 뛰어들라고 명령한다면 그들은 모반을 일으킬 것이다. 짐이 복종을 요구할 권리를 가질 수 있는 것은 짐이 이치에 맞게 명령했기 때문이로다."

"그러면 해가 지도록 명령하는 것은요?"

한번 물어본 것은 답을 들어야 직성이 풀리는 어린 왕자는 다시 물었다. .

"너는 해지는 풍경을 구경할 수 있도다. 짐은 명령하노니 조건이 갖추어질 때까지 기다려야 하노라. 그것이 내가 다스리는 통치이념이노라."

"언제까지 기다려야 할까요?"

임금은 우선 커다란 달력을 찾아보고 나서 대답했다.

"흠, 흠, 흠! 그건……. 그러니까, 오늘 저녁 7시 40분쯤 될 것이로다! 그때 짐의 명령이 얼마나 잘 이행되는지 너는 보게 될 것이다."

어린 왕자는 하품을 했다. 해지는 구경을 못 하게 된 것이 섭섭했다.

그리고 벌써 심심했다.

"여기서 더 할 일이 없네요. 떠나겠습니다!"

신하를 가지게 되어 자랑스러웠던 임금은 대답했다.

"가지 말라. 떠나지 않는다면, 짐은 너를 대신으로 삼으리라."

"무슨 대신이오?"

"음…… 법무 대신이로다!"

"그렇지만 이 별에는 재판받을 사람이 아무도 없는데요!"

"그건 알 수 없도다. 짐은 아직 내 나라를 순시하지 못했노라. 짐은 연로하여 마차를 타자니 앉을 자리는 없고 그렇다고 걸어다니기엔 피곤하노라."

"오! 그런가요. 저는 벌써 다 보았습니다."

어린 왕자는 허리를 돌려 별 반대편을 둘러보았다.

"저쪽에도 아무도 없습니다."

"그러면 너 자신을 심판하라. 그것이 가장 어려운 일이로다. 남을 판단하기보다 자기 자신을 판단하기가 훨씬 더 어려운 것이지. 네 자신을 심판하게 된다면, 참으로 현명한 사람이 되는 것이로다."

"어디서든 저 자신을 판단할 수 있습니다. 구태여 여기서 살 필요는 없습니다."

"에헴! 에헴! 짐의 별 어딘가 늙은 쥐 한 마리가 사는 듯하도다.

밤에 그 쥐 다니는 소리가 들리는구나. 너는 이 늙은 쥐를 심판할 수 있으리라. 그 쥐에게 사형을 선고하라. 그러면 그 쥐 생명은 네 재판에 달려 있도다. 그러나 사형을 선고한 뒤엔 반드시 특사를 내려 그를 살려 두도록 하라. 한 마리밖에 없는 쥐를 아껴야 한다."

"저는 사형 선고하는 일을 하기 싫습니다. 이만 가야겠습니다."

"아니로다!"

어린 왕자는 떠날 준비는 마쳤건만, 나이 많은 왕 마음을 섭섭하게 하고 싶지 않았다.

"전하의 명령이 조금도 어김없이 이행되기를 원하시면 이치에 맞는 명령을 제게 내려 주세요. 가령 저에게 일 분 안에 떠나라고 명령하실 수 있을 것입니다. 지금, 이 순간이 명령을 내리기에 좋은 조건이 갖춰진 것 같이 생각되는데요."

왕의 대답을 들을 수 없었다. 어린 왕자는 망설이다가 한숨을 내쉬며 자리를 떴다.

그러자 왕은 급히 소리쳤다.

"짐은 너를 대사로 임명하노라."

임금은 위엄 있게 명령했다.

어린 왕자는 어른들은 참 이상하다고 생각하며 길을 떠났다.

11

두 번째 찾아간 별에는 허영장이가 살고 있었다.

"아! 드디어 나를 숭배할 사람이 찾아왔구나!"

허영장이는 어린 왕자를 보자마자 소리쳤다. 허영장이에게 다른 사람이란 모두 자기를 숭배하는 사람이라고 믿었다.

"안녕, 아저씨, 그런데 모자가 참 이상해."

"이것은 사람들이 환호하면 답례하려고 쓴 모자다. 불행하게도 지금까지 지나가는 사람이 없었구나."

"그래?"

어린 왕자는 그의 말을 이해하지 못했다.

"손뼉을 쳐 봐."

허영장이가 시켰다.

그래서 어린 왕자가 두 손으로 손뼉을 치니, 허영장이는 모자를 벗으며 공손하게 절을 했다.

"이건 왕을 만난 것보다 훨씬 재미있는데."

어린 왕자는 다시 손뼉을 치기

시작하자 허영장이는 모자를 벗으며 다시 답례했다. 오 분쯤 흘렀을까, 어린 왕자는 반복되는 놀이에 싫증이 났다.

"어떻게 하면 모자를 떨어뜨릴 수 있지?"

그러나 허영장이는 그의 말을 듣지 못했다. 허영이 심한 사람이라서 칭찬만 귀에 들어왔다.

"너는 진심으로 나를 숭배하니?"

"'숭배한다'는 건 무슨 말이야?"

"'숭배한다'는 것은 내가 이 별에서 가장 잘생기고, 가장 멋진 옷을 입고, 제일 돈이 많고, 제일 똑똑하다는 것을 인정한다는 뜻이다."

"그렇지만 이 별에는 아저씨 혼자 밖에 없잖아?"

"그래도 나를 숭배해 줘. 나를 즐겁게 해 줘!"

"좋아. 아저씨를 숭배해."

어린 왕자는 어깨를 약간 들썩이며 물었다.

"하지만 이것이 왜 아저씨를 즐겁게 하지?"

그러고는 그 별을 떠났다.

어린 왕자는 길을 가면서 어른들은 이상하다고 생각할 뿐이었다.

12

다음 별에는 술꾼이 살고 있었다. 아주 잠깐 머물렀지만, 그로 인해 어린 왕자는 우울해졌다.

"아저씨 거기서 뭐 해?"

어린 왕자는 빈 술병으로 가득 찬 무더기 앞에 우두커니 앉아 있는 술꾼을 보고 물었다.

"술 마신다." 술꾼은 침울한 표정으로 대답했다.

"술은 왜 마셔?"

"잊기 위해서."

"뭘 잊고 싶은데?"

어린 왕자는 이미 그 술꾼이 불쌍했다.

"내가 부끄럽다는 걸 잊으려고."

술꾼은 머리를 숙이며 털어놓았다.

"무엇이 부끄러운데?" 어린 왕자는 그를 돕고 싶어서 물었다.

"술 마시는 게 부끄럽다!"

이렇게 말하고 술꾼은 다시 입을 열지 않았다.

어린 왕자는 머리를 갸웃거리더니 그 별에서 떠났다.

어린 왕자는 길을 떠나며 어른들은 정말이지 괴상하고 야릇하다고 생각했다.

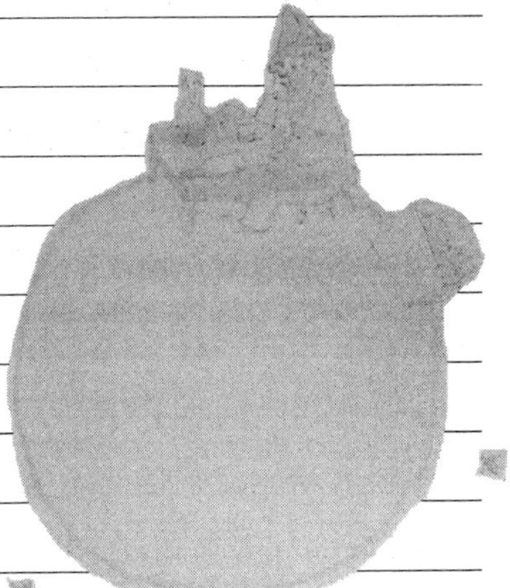

13

 네 번째 별에는 사업가가 살고 있었다. 이 사람은 너무 바빠서 어린 왕자가 도착했는데도 고개를 들지 않았다.

 "안녕. 아저씨 담뱃불이 꺼졌어."

 "3에다 2를 보태면 5, 5 더하기 7이면 12, 12에 3을 더하면 15이다. 안녕. 15에다 7 더하면 22, 22에다 6을 더하니 28 다시 불붙일 시간도 없네. 26에 5를 보태면 31라. 그러니까 501,622,731개 되는구나."

 "무엇이 5억이야?"

 "응? 너 아직도 거기 있었니? 저어, 5억 1백만 개…… 잊어버렸다. 하도 바빠서. 나는 중요한 일을 착실히 하는 사람이야. 쓸데없는 짓은 안한다! 2에다 5을 더하면 7……"

 "무엇이 5억 1백만이란 말이야?"

 평생동안 한번 물어보면 그저 지나치지 않는 어린 왕자가 다시 물었다.

 사업가가 고개를 들었다.

 "내가 이 별에서 54년을 살았지만 그동안에 방해받은 건 딱 세 번밖에 없었다. 첫 번째는 22년 전인데, 어디선가 풍뎅이가 한 마

리 떨어졌다. 그놈이 얼마나 요란한 소리를 내는지 덧셈을 네 군데나 틀렸어. 두 번째는 11년 전에 신경통으로 아플 때였지. 운동 부족이었지. 산책할 시간이 없었으니까. 나는 중요한 일을 착실히 하는 사람이니까. 세 번째가 바로 너다! 가만있자 내가 뭘 말했냐면 5억 1백만……."

"무엇이 5억 1백만인 거야?"

사업가는 조용히 일할 가망이 없음을 깨달았다.

"하늘에 보이는 저 작은 것들이 몇억이란 말이다."

"파리 말이야?"

"아니야. 반짝 빛나는 작은 것들 말이다."

"꿀벌이야?"

"아니라니까! 그걸 보고 게으름뱅이들이 공상에 드는, 금빛의 작은 것들 말이다. 하지만 나는 중요한 일을 하는 사람. 꿈 꿀 시간도 없어."

"아! 별이야?"

"맞아. 별들의 갯수다."

"그래, 아저씨는 별 5억 1백만 개를 가지고 뭘 하려고?"

"501,622,731개야. 나는 중요한 일을 착실하게 하는 사람이고, 또 나는 정확한 사람이다."

"그래, 아저씨는 그 별들을 가지고 뭘 할 거야?"

"뭘 하느냐고?"

"응."

"하긴 뭘 해? 그걸 소유하는 거야."

"아저씨가 별들을 소유한다고?"

"그래."

"그렇지만 난 벌써 왕 한 분 봤는데, 그분은……."

"왕은 소유하는 것이 아니라 다스리는 것이지. 그건 매우 다른 거야."

"그래 별을 소유하는 게 아저씨한테 무슨 소용이야?"

"부자가 되는 것이지."

"그럼 부자가 돼서 무슨 소용이 있어?"

"누가 다른 별을 발견하면 그걸 살 수 있지."

어린 왕자는 생각했다.

'이 아저씨도 술꾼과 비슷한 말을 하고 있구나.'

그는 다시 물었다.

"별을 어떻게 가질 수 있어?"

"별들이 누구 소유지?"

사업가는 트집을 잡으려는 듯 되물었다.

"몰라. 따로 주인이 없지 뭐."

"그럼 그 별들은 내 것이지. 내가 제일 먼저 그걸 생각했으니까."

"생각하면 아저씨 소유의 별이 되는 거야?"

"그럼. 네가 임자 없는 다이아몬드를 주우면 그것은 네 것이지. 네가 무인도를 발견하면 그것도 네 거야. 네가 무슨 생각을 맨 처음으로 해내면 거기 대해서 특허를 얻을 수 있지. 그러면 그 생각은 네 소유야. 이와 같이 별을 가질 생각을 한 사람이 없으니까 별들을 내가 독차지하게 된 거야."

"그건 그래. 그런데 아저씨는 그 별을 가지고 뭘 해?"

"나는 별들을 관리한다. 그 별을 세고 또 세지. 그건 어려운 일이야. 그러나 나는 중요한 일에는 착실한 사람이기에 잘할 수 있다."

어린 왕자는 그래도 만족할 수 없었다.

"나는 말이야, 머플러가 있으면 그걸 목에 두르고 다닐 수가 있어. 꽃이 있으면 그걸 따서 가지고 다닐 수 있어. 그렇지만 아저씨는 별을 딸 수는 없잖아!"

"그래 맞아, 하지만 나는 그것을 은행에 맡길 수 있다."

"그건 무슨 말이야?"

"조그만 종이에 내 별의 번호를 적어서 서랍에 넣고 잠그는 거지."

"그뿐이야?"

"그뿐이지."

'그거 재미있다. 꽤 시적인데. 그렇지만 그렇게 중요한 일은 아니야.' 어린 왕자는 생각했다.

어린 왕자는 중요한 일에 대해 어른들과는 다른 생각을 하고 있었다.

그는 이런 말도 했다.

"나는 꽃 한 송이를 가지고 있어. 매일 물을 주거든. 화산도 세 개나 가지고 있는데 매주 분화구 청소를 해. 휴화산도 쑤시며 청소하거든. 언제 다시 불을 뿜을지 모르니까. 내가 그것들을 소유하고 있다는 게 꽃이나 화산에 이로운 일이야. 그렇지만 아저씨는 별들에게 유익하지 않아."

사업가는 입을 벌렸으나 대답할 말이 생각나지 않았다. 이리하여 어린 왕자는 이 별을 떠났다.

어린 왕자는 길을 가며, '어른들은 정말이지 아주 이상야릇하군.' 하고 생각할 뿐이었다.

14

다섯째 별은 아주 이상해서 호기심을 자극했다. 여행했던 별 중에서 가장 작은 별이었다. 가로등 하나와 점등하는 사람이 겨우 서 있을 만한 공간이 전부였다. 집도 없고 사람도 없는 이런 별에 가로등과 점등하는 사람이 왜 필요한지 어린 왕자는 이해할 수가 없었다. 그래서 그는 이런 생각을 했다.

'이 사람은 분명 엉뚱한 사람일 거야. 하지만 임금이나 허영심 가득한 사람, 사업가, 술꾼보다는 나을 거야. 적어도 그가 하는 일은 의미 있는 일이니까. 가로등을 켜는 것은 별이 꽃을 피우게 하는 거나 마찬가지고, 가로등을 끄면 꽃이나 별을 잠들게 한다. 이건 아주 아름다우니까 참으로 이로운 일이야.'

이 별에 발을 들여놓으며 어린 왕자는 점등하는 사람에게 다정하게 인사를 했다.

"안녕, 아저씨 왜 방금 가로등을 껐어?"

"명령이라서. 안녕." 점등하는 사람이 대답했다.

"명령이라니 무슨 뜻이야?"

"가로등을 끄라는 명령이다. 잘 자."

그러고는 나서 다시 가로등을 켰다.

"왜 다시 불을 켰어?"

"명령이니까."

그가 대답했다.

"이해할 수 없네."

어린 왕자가 말했다.

"이해할 필요 없어. 명령은 명령이니까. 안녕?"

점등하는 사람이 말하며, 다시 가로등을 껐다. 그런 다음 붉은 체크무늬 손수건으로 이마에 흘러내리는 땀을 닦았다.

"내 일은 지독하게 힘든 직업이야. 예전에는 괜찮았다. 아침에는 불을 끄고 저녁에는 켰었어. 나머지 낮에는 쉬었고, 밤엔 잘 수도 있었지."

"그럼 그 뒤로 명령이 바뀐 거야?"

"명령이 바뀌지 않았으니까 큰일이란다! 별은 해마다 더 빨리 도는데, 명령은 그대로여서."

"그래서?"

어린 왕자가 물었다.

"지금 별이 1분에 한 바퀴씩 돌고 있어서 난 1초도 쉴 수 없단 말이다. 1분에 한 번씩 불을 켰다 껐다 하니까!"

"거 참 정말 이상한데! 아저씨네 별에는 낮이 1분이네."

"이상한 것 없어. 우리가 이야기하는 동안 벌써 한 달이나 지났다."

점등하는 사람이 말했다.

"한 달이나?"

"그럼 30분이 흘렀으니, 30일이지. 안녕."

그리고 그는 다시 불을 켰다. 어린 왕자는 그를 쳐다보았다. 명령을 성실하게 이행하는 이 사람이 좋아졌다. 어린 왕자는 전에 의자를 뒤로 밀면서 해 지는 풍경을 보던 나날이 생각났다. 그는 친구를 돕고 싶었다.

"이 봐요, 아저씨. 나는 아저씨가 쉬고 싶을 때 쉴 방법을 알아."

"쉬고 싶다 뿐이겠니?" 점등하는 사람이 대답했다.

사람은 명령에 충실하면서 동시에 게으를 수도 있는 법이다. 어린 왕자는 말을 이었다.

"아저씨 별은 아주 작아서 세 걸음이면 한 바퀴 돌 수 있어. 그러니까 언제든지 천천히 걷기만 하면 해를 볼 수 있을 거야. 쉬고 싶을 때는 걸으면 된단 말이야. 그러면 아저씨 원하는 만큼 낮이 길어질 거야."

"그건 내게 소용없어. 내가 이 세상에 사는 동안 하고 싶은 것은

잠을 자는 거야."

"안 되겠는데." 어린 왕자가 말했다.

"안 되고말고. 안녕." 점등하는 사람이 말하며 가로등을 껐다.

어린 왕자는 다시 걸음을 옮기며 이런 생각을 했다.

'이 사람은 왕이나 허영장이나 술꾼이나 사업가와 같은 사람들에게 멸시당할 거야. 그러나 내가 보기엔 유일하게 우스꽝스럽지 않은 사람이야. 그건 아마도 자기 일 아닌 다른 일에 몰두해서 그렇겠지.'

어린 왕자는 아쉬운 마음에 한숨을 내쉬며 이런 생각도 했다.

'내가 친구 삼을 만한 유일한 사람인데, 그렇지만 그의 별은 너무 작아서 둘이 있을 자리가 없어.'

어린 왕자가 차마 그에게 하지 못한 말은, 무엇보다도 24시간 동안에 해지는 풍경을 1,440번이나 볼 수 있기 때문에 이 축복 받은 별을 그리워할 거라는 사실이었다.

15

여섯 번째 별은 먼저 별보다 열 배나 더 큰 별이었다. 이 별에는 엄청난 크기의 책을 쓰는 노신사가 살고 있었다.

"오, 탐험가가 왔구나!"

어린 왕자를 보자 노신사는 소리쳤다.

어린 왕자는 테이블 위에 앉아서 숨을 몰아쉬었다. 쉬지 않고 여행을 했기 때문이었다.

"너 어디서 왔니?" 노신사가 어린 왕자에게 물었다.

"이 큰 책은 무엇입니까? 할아버지는 여기서 뭘 하세요?" 하고 어린 왕자는 물었다.

"나는 지리학자다."

"지리학자란 뭐 하는 사람입니까?"

"바다와 강이 어디 있는지, 도시와 산과 사막이 어디 있는지 연구하는 학자란다."

"그건 참 재미있겠는데요. 이제야 정말 참다운 직업을 가진 분을 보게 되었군요."

어린 왕자는 말하면서 지리학자의 별을 휙 둘러보았다. 그는 아직 이처럼 웅장한 별을 본 적이 없었다.

"할아버지 별은 정말 아름답습니다. 혹시 드넓은 바다가 있습니까?"

"나는 알 수 없다." 지리학자가 대답했다.

"그래요? 산은 있나요?"

"내가 알 수 있니." 지리학자가 대답했다.

"그럼 도시나 강 또는 사막은요?"

"그것도 알 수 없다."

"할아버지는 지리학자라고 하셨잖아요?"

"맞다. 지리학자인 건 맞지만 탐험가가 아니다. 내게 모험심이 도무지 없단 말이야. 지리학자는 도시며 강이며 산이며 바다며 대양이며 사막들을 세며 돌아다니는 것은 아니야. 지리학자는 아주 중요한 일을 하느라 돌아다닐 수가 없다. 서재를 떠나지 못해. 그러나 서재에서 탐험가들을 만나 본다. 탐험가들에게 질문하고 그들의 기억을 기록한다. 그래서 그들 중에 어떤 사람의 기억에 흥미가 생기면 지리학자는 그 탐험가의 인성에 대해 조사한다."

"그건 왜요?"

"그 탐험가가 거짓말을 하면 지리책이 엉망이 되니까 그렇지. 또 술을 너무 마시는 탐험가는 아닌지 조사한다."

"그건 어째서요?" 하고 어린 왕자가 물었다.

"술꾼들에게는 사물이 둘로 보이니까 그렇지. 그렇게 되면 지리학자는 산이 하나만 있는 지역에 두 개라고 적게 될 거거든."

"저는 엉터리 탐험가가 될 만한 사람 한 명을 알아요."

"그럴 수 있지. 그래서 탐험가의 인성이 좋으면 그가 발견한 것에 대해서 조사한단다."

"직접 보러 가시나요?"

"아니다. 그렇게 하면 일이 너무 복잡해져. 대신 탐험가 더러 증거물을 가져오라고 한다. 가령 큰 산을 발견했다면, 산에 있던 큰 돌을 가져오라고 요구한다."

지리학자는 갑자기 흥분하며 서둘러 말했다.

"그런데 너, 너야말로 멀리서 왔지! 너도 탐험가야! 네가 살던 별 이야기를 해다오!"

그러면서 노트를 펼치고 연필을 깎았다. 그는 탐험가들 이야기를 우선 연필로 적었다. 탐험가가 증거물을 가져오면 다시 잉크로 적었다.

"그래서?" 지리학자는 물었다.

"오, 제 별은 별로 흥미롭지 않아요. 아주 조그마합니다. 화산이 셋이 있는데, 둘은 활화산이고 또 하나는 불을 뿜지 않는 휴화산입니다. 휴화산은 언제 어떻게 될지 몰라요."

"어떻게 될지 알 수 없지." 지리학자가 말했다.

"꽃도 한 송이 있어요."

"우리는 꽃은 기록하지 않는다."

"그건 어째서요? 제일 예쁜 건데요."

"꽃들은 단명하니까 그렇다."

"단명하다는 건 무슨 뜻입니까?"

"지리책은 모든 책 중에서 가장 중요한 사실을 기록한다. 그것은 절대로 시대에 뒤떨어지는 일이 없다. 산이 자리를 바꾼다는 건 아주 드문 일이고, 넓은 바다의 물이 마르는 일도 거의 일어나지 않지. 우리는 영원히 변치 않는 것만 기록한다."

"그렇지만 불이 꺼진 휴화산도 언제 다시 불을 뿜을 수 있어요.

그런데 단명이라는 건 무슨 뜻이에요?"

하고 어린 왕자가 말을 막았다.

"화산이 꺼졌건 불을 뿜건 우리에겐 똑같다. 우리에게 중요한 것은 산이야. 그것은 변하지 않으니까."

"그런데 단명이라는 건 무슨 뜻이에요?" 한번 물어보면 그저 지나치지 않는 어린 왕자가 다시 물었다.

"오래되지 않아 사라질 염려가 있다는 것을 뜻해."

"내 꽃이 오래되지 않아 사라질 수 있다는 뜻이에요?"

"그럼."

'내 꽃이 단명하다니. 세상에 맞서기 위해서 가시가 네 개 있을 뿐이지, 그런 꽃을 집에 홀로 버려두었단 말인가!'

어린 왕자는 여행한 이후로 처음으로 후회했다. 그러나 그는 다시 용기를 냈다.

"할아버지는 제가 어느 별에 가보았으면 좋겠습니까?"

"지구에 가 보았으면 한다. 그 별은 평판이 아주 좋단다."

이리하여 어린 왕자는 자신의 별에 두고 온 꽃 생각을 하며 길을 떠났다.

16

 그러니까 일곱 번째 별은 지구였다. 지구는 시시한 별이 아니다. 거기에는 왕이 111명(물론 아프리카 흑인 왕까지 합쳐서), 지리학자가 7천 명, 사업가가 90만 명, 술꾼이 750만 명, 허영이 심한 사람이 3억 하고도 1천 1백만 명, 즉 20억 명쯤 되는 어른들이 살고 있다.

 지구의 넓이가 얼마나 큰지 짐작하려면, 전기를 발명하기 전까지 여섯 대륙을 통틀어 462,511명이나 되는 많은 사람이 점등하는 일을 직업으로 삼을 정도였다.

 지구를 조금 멀리 떨어진 곳에서 바라보면 찬란했다. 엄청나게 많은 가로등 켜는 사람들의 분주한 움직임은 마치 가극의 발레단을 연상시킬 정도로 질서 정연했다. 우선 뉴질랜드와 호주에서 점등하는 사람들이 나와 등불을 켜고 자러 가면 중국과 시베리아의 점등하는 사람들이 나왔다. 그리고 이들이 무대 뒤로 사라지면, 다음은 러시아와 인도에서 점등하는 사람들 차례였다. 그다음은 아프리카와 유럽, 다음은 남아메리카, 그리고 북아메리카, 순서였다. 그런데 그들이 무대에 나오는 차례가 틀리는 일은 절대로 없었다. 그것은 정말 웅장한 광경이었다. 다만, 북극과 남극에 홀로 남은 가로등 켜는 사람만이 한가롭고 마음 편한 생활을 하고 있었다. 그들은 일 년에 두 번만 일했다.

17

재치를 뽐내다 보면 거짓말을 약간 섞기도 한다. 방금 내가 말한 가로등 점등하는 사람들에 대해 아주 정직하게 이야기하지 않았다. 내 말로 인해 지구에 대해 잘 알지 못하는 사람들이 오해할 수 있어서 염려되었다. 인간이 지구에서 차지하는 공간은 아주 작다. 지구에 사는 20억 명의 인간들이 집회의 밀집도 수준으로 바싹 붙여 세우면 가로세로 2만 마일 크기의 광장에 넉넉히 들어갈 수 있을 것이다. 태평양의 아주 작은 섬에 몰아넣을 수 있는 셈이다.

물론 어른들은 이 말을 믿지 않을 것이다. 그들은 자기들이 자리를 훨씬 더 많이 차지하고 있는 줄로 알고 있다. 바오밥나무 만큼 중요하다고 생각한다.

그러니까 그분들 보고 계산해 보라고 시켜야 한다. 그들은 숫자를 매우 좋아하니까. 그러나 여러분은 이런 지겨운 문제를 푸느라고 시간을 낭비하지 말길. 그럴 필요가 없다. 내 말 믿어도 좋다.

지구에 도착했으나 아무도 만날 수 없다는 사실에 어린 왕자는 이상하게 생각했다. 다른 별로 잘못 찾아온 것은 아닌지 걱정했다. 그때 모래에서 달빛 같은 고리가 움직였다.

"안녕."

어린 왕자는 혹시나 해서 인사를 했다.

그랬더니,

"안녕." 뱀이 대답했다.

"내가 떨어진 곳이 무슨 별이니?"

어린 왕자는 물었다.

"지구, 여기는 아프리카야." 뱀이 대답했다.

"아, 그럼 지구에는 사람이 안 살아?"

"여기는 사막이야. 사막에는 아무도 없어. 그렇지만 지구는 넓단다." 뱀이 대답했다.

어린 왕자는 바위에 앉아 하늘을 올려다보며 말했다.

"별들이 저렇게 밝게 빛나는 건, 모든 사람이 언제가 각자 제 별을 찾아내게 하려는 것 같아. 저기 내 별을 봐. 바로 우리 머리 위에 있어. 실제로는 너무 멀리 떨어져 있지!"

"네 별은 예쁘구나. 그런데 넌 여기 뭣 하러 왔니?" 뱀이 물었다.

"난 어떤 꽃하고 말썽이 생겼다." 어린 왕자는 대답했다.

"그래?"

그러고 나서 그들은 아무 말 하지 않았다.

"사람들은 어디 있니? 사막에선 좀 외로운 기분이 드는데."

"사람들 사이에 있어도 외로운 건 똑같아." 뱀이 대답했다.

어린 왕자는 오랫동안 뱀을 바라보았다.

"너는 참 이상한 짐승이다. 손가락처럼 가는 것이."

"그러나 나는 왕의 손가락보다도 더 무섭지."

어린 왕자는 빙그레 웃었다.

"그렇게 무섭지는 않은데. 다리도 없지. 먼 곳으로 여행도 못 할 걸."

"난 너를 배보다 더 멀리 데려갈 수 있어."

뱀은 어린 왕자의 발목을 금빛 발찌 모양으로 휘감으며 말했다.

"내가 건드리면 그 사람은 자신이 태어났던 땅으로 돌아가게 되지. 하지만 너는 순수하고 다른 별에서 이제 막 왔으니……"

어린 왕자는 대답하지 않았다.

"지구에서 이렇게나 연약한 네가 바위투성이 땅에 있는 것을 보니 가엾은 생각이 드네. 네 별이 몹시 그리우면 내가 언제고 너를 도와줄 수가 있어. 나는……"

"오, 말뜻은 잘 알았다. 그런데 넌 밤낮 할 것 없이 수수께끼 같은 말만 하니?" 어린 왕자는 물었다.

"난 수수께끼를 다 풀 수 있어." 뱀이 대답했다.

그리고서 그들은 아무 말도 하지 않았다.

18

어린 왕자는 사막을 건넜으나 만난 것이라고는 꽃 한 송이밖에 없었다. 꽃잎이 셋뿐인 어쭙잖은 꽃이었다.

"안녕." 어린 왕자가 인사했다.

"안녕." 꽃이 대답했다.

"사람들은 어디에 있니?"

어린 왕자는 공손하게 물었다.

이 꽃은 어느 날 상인들이 지나가는 것을 본 일이 있었다.

"사람들? 몇 년 전에 예닐곱 명의 사람들을 본 적이 있어. 그렇지만 어디로 가야 만날 수 있는지는 알 수가 없어. 바람 부는 대로 돌아다니니까. 그 사람들은 뿌리가 없어. 그래서 많은 불편을 느낄 거야."

"잘 있어라." 어린 왕자가 말했다.

"잘 가." 꽃이 대답했다.

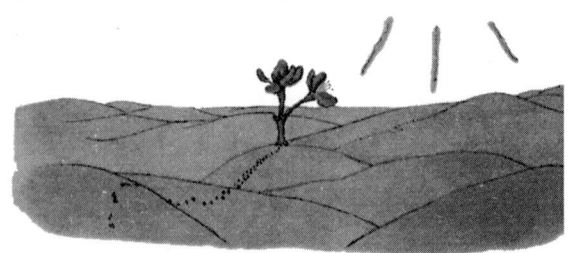

19

어린 왕자는 높은 산 정상에 올라갔다. 그가 아는 산이라고는 무릎 높이의 화산 세 개가 전부였다. 불이 꺼진 화산을 그는 의자 대신 쓰고 있었다. 그래서 이런 생각을 했다.

'이렇게 높은 산에서는 별 전체와 사람들을 한눈에 내려다볼 수 있겠지.'

그러나 그가 본 것은 몹시 날카로운 바위로 된 산봉우리뿐이었다.

"안녕!"

어린 왕자는 무턱대고 인사했다. 그랬더니,

"안녕…… 안녕…… 안녕……" 메아리가 대답했다.

"넌 누구니?" 어린 왕자가 물었다.

"넌 누구니…… 넌 누구니……넌 누구니……" 메아리가 대답했다.

"나하고 친하게 지내자. 나는 외로워."

"나는 외로워…… 나는 외로워…… 나는 외로워……" 메아리가 또 대답했다.

그래서 어린 왕자는 이런 생각을 했다.

'이상한 별이야. 아주 메마르고, 몹시 뾰족하구, 소금투성이야. 거기다가 사람들은 상상력도 없이 남이 하는 말을 되풀이해서 하고. 내 집에 있던 꽃은 언제나 먼저 말 걸었는데……'

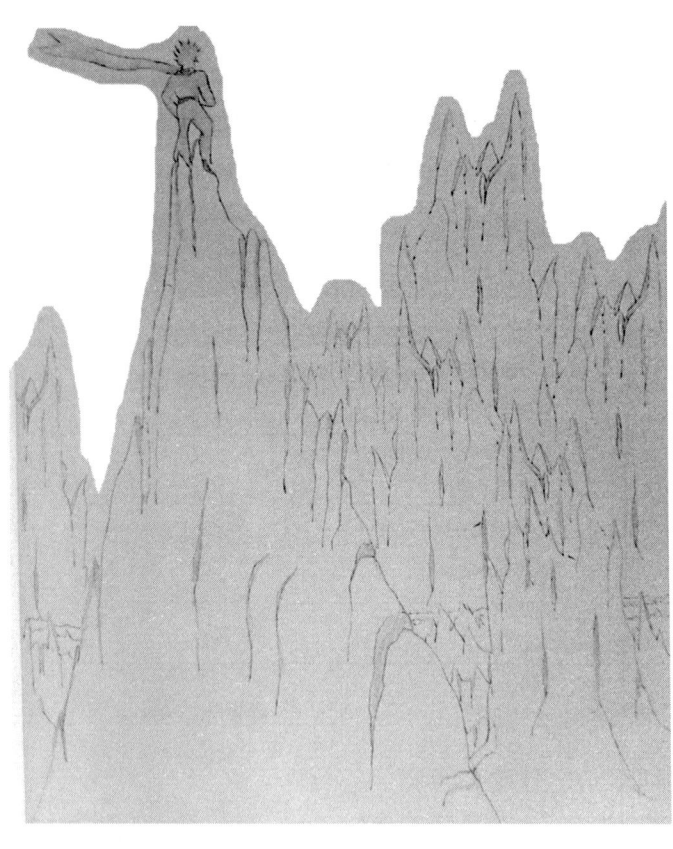

20

어린 왕자는 오랫동안 모래와 바위와 눈보라 속에서 헤매다가 마침내 길을 하나 찾아냈다. 언제나 사람들이 사는 곳에는 길이 나 있었다.

"안녕." 어린 왕자는 인사했다.

그곳은 장미꽃이 만발한 정원이었다.

"안녕." 장미들도 답했다.

어린 왕자가 꽃들을 바라보니 모두 어린 왕자의 별에 남겨진 꽃과 닮은 것이었다. 어이가 없을 정도로 놀란 어린 왕자가 물었다.

"너희들은 누구냐?"

"우리는 장미다." 하고 꽃들이 대답했다.

"아, 그래?"

어린 왕자는 매우 낙심했다. 그의 꽃은 우주에 자기 같은 꽃은 오직 하나뿐이라고 말했었다. 그런데, 지금, 이 정원에는 그 꽃과 닮은 꽃이 5천 송이나 있지 않은가!

어린 왕자는 이렇게 생각했다.

'내 꽃이 이 광경을 보면 꽤 민망해할 거야. 창피한 꼴을 겪지 않으려구 기침을 몹시 하다가 죽는 시늉을 할 거야. 그러면 나는 또 저를 간호해 주는 척해야겠지. 그러지 않으면 내게 죄책감을 느끼게 하려고 정말 죽을지도 몰라.'

그리고 또 이런 생각도 했다.

'세상에 하나뿐인 꽃을 가져서 부자라고 생각했는데. 나는 고작 장미 한 송이만 가졌구나. 장미와 무릎 높이 화산 세 개, 그중 하나는 꺼져버려서 불을 뿜지 못하는 휴화산이고. 그저 이것만 가지고 위대한 왕자는 못 되겠구나.'

어린 왕자는 풀밭에 엎드려 흐느꼈다.

21

이때 여우가 나타났다.

"안녕." 여우가 인사했다.

"안녕." 어린 왕자는 공손하게 대답하며 돌아보았으나 아무도 보이지 않았다.

"나, 여기 있어, 사과나무 밑에." 하는 목소리가 들렸다.

"넌 누구냐? 참 이쁘구나." 어린 왕자가 말했다.

"나는 여우야."

"나하고 놀자. 나는 지금 너무 쓸쓸해."

"난 너하고 놀 수 없단다. 나는 길들지 않았어." 여우가 대답했다.

"아, 미안해라." 어린 왕자는 잠시 생각한 뒤에 물었다.

"그런데 '길들인다'는 건 무슨 의미니?"

"넌 여기 사는 아이가 아니구나, 여기서 뭘 찾는 거니?" 여우가 물었다.

"나는 사람들을 찾아. 근데 '길들인다'는 건 무슨 의미야?" 어린 왕자가 물었다.

"사람들은 총을 가지고 사냥을 해. 얼마나 귀찮은지. 사람들은 닭도 기르지. 그건 사람들의 유일한 장점이야. 너도 닭을 찾니?" 여우가 물었다.

"아니, 난 친구를 찾는 거다. '길들인다'는 건 무슨 말이야?" 어린 왕자가 물었다.

"그건 사람들이 거의 잊어버린 말인데, 그것은 '관계를 맺는다'는 뜻이야." 여우가 대답했다.

"관계를 맺는다고?"

"응. 물론이지. 너는 내게 있어서 수많은 아이와 다를 바 없는 어린아이에 불과해. 나는 네가 필요치 않아. 너도 내가 아쉽지 않을 거고. 너에게 나는 수천만 마리 여우 중 한 마리 여우에 불과할 거야. 그렇지만 네가 나를 길들이면 우리는 서로 필요한 존재가 되는 거지. 너는 내게 세상에서 단 하나뿐인 아이가 될 거고. 나는 네게 이 세상에 하나뿐인 여우가 될 거야."

"이제 조금 알아듣겠다. 내게 꽃이 하나 있는데. 내 생각엔 그 꽃이 나를 길들였나 봐."

어린 왕자는 말했다.

"그럴 수도 있지, 지구에는 별의별 일들이 벌어지니까."

"으응, 지구에서 있었던 일이 아니야." 어린 왕자가 대답하니, 여

우는 놀란 모양이었다.

"그럼 다른 별에 있었던 일이야?"

"응."

"그 별에 사냥꾼이 있니?"

"아니."

"그래? 괜찮은데! 그럼, 닭은?"

"없어."

"완벽한 건 없다니까." 여우는 한숨 내쉬며 자기 이야기로 말머리를 돌렸다.

"내 생활에는 변화가 없어. 나는 닭들을 쫓고 사람들은 나를 잡으러 다녀. 닭들은 모두 비슷하게 생겼어. 사람들도 모두 비슷비슷하게 생겼어. 그래서 나는 조금 심심해. 그렇지만 네가 나를 길들인다면 내 삶은 햇볕을 받는 것처럼 환해질 거야. 난 네 발소리가 다른 어떤 발소리와도 다르다는 것을 알게 될 거다. 다른 발소리를 들으면 나는 땅속으로 숨어 들어가지. 그렇지만 네 발소리는 음악 소리처럼 나를 굴 밖으로 불러낼 거야. 그리고 저기를 봐! 저기 밀밭이 보이지? 난 빵을 안 먹어. 그러니까 밀은 내게 소용없는 음식이야. 밀밭을 봐도 내 머리에는 아무것도 떠오르는 게 없어. 그것은 슬픈 일이야! 그런데 네 머리카락은 황금빛이구나. 그러니까 네가 나를 길들이면 참 멋지겠는 걸! 황금빛이 도는 밀을 보면 네 생각이 날 테니까. 그러면 나는 밀밭 사이로 불어오는 바람 소리까

지 좋아질 거야."

여우는 입을 다물며 그를 오랫동안 바라보았다.

"부탁할게. 나를 길들여 다오." 여우가 부탁했다.

"그러고 싶어. 그렇지만 나에게는 시간이 별로 없어. 친구들을 찾아야 하고 배워야 할 것이 많아." 어린 왕자가 대답했다.

"누구나 자신이 길들인 물건만 알 수 있는 거야. 사람들은 이제 새로 무언가를 알게 될 시간이 없어. 사람들은 상점에서 다 만들어진 완성품을 사. 그렇지만 친구를 파는 장사꾼은 없으니까, 사람들은 친구를 못 사귀는 거야. 친구를 사귀고 싶다면, 나를 길들여줘!"

"길들이려면 어떻게 해야 하지?" 어린 왕자가 물었다.

"참을성을 길러 봐. 처음에는 내게서 조금 떨어져서 저기 풀밭에 앉아 보렴. 내가 널 곁눈질로 볼 거야. 넌 아무 말도 하지 말았으면 해. 말은 오해가 생기는 근원이니까. 그리고 너는 매일 조금씩 가까이 다가와 앉으면 돼."

다음 날 다시 어린 왕자가 여우를 찾아왔다.

"같은 시간대에 왔으면 더 좋았을 텐데. 가령 네가 오후 4시에 온다면 나는 3시부터 행복해지기 시작할 거야. 시간이 지날수록 나는 점점 더 행복을 느낄 거야. 4시가 되면 벌써 설렘에 안절부절 못하겠지. 행복이 얼마나 가치 있는지 알게 될 거란 말이야. 하지만 네가 아무 때나 찾아온다면 나는 언제 마음의 준비를 해야 할지 영 알 수가 없잖아. 그래서 의식이 필요해."

"의식이 뭐야?" 하고 어린 왕자가 물었다.

"그것도 사람들이 너무 잊고 사는 거야. 어떤 날을 다른 날과, 어떤 시간을 다른 시간과, 다르게 만드는 거야. 가령 나를 쫓는 사냥꾼들에게도 의식이 있어. 그들은 목요일마다 동네 처녀들하고 춤을 춘단다. 그래서 목요일은 내게 기막히게 운 좋은 날이란다! 나는 포도밭까지 소풍을 나가지. 사냥꾼들이 아무 때나 춤을 춘다고 생각해 봐. 그날이 그날 같고 매일 비슷비슷할 거야. 나는 휴가라는 여유 있는 시간이 없어질 거야."

이렇게 해서 어린 왕자는 여우를 길들이게 되었다. 어린 왕자가 떠날 시간이 다가오자 여우가 말했다.

"아, 난 울 것 같아."

"네 탓이야. 너를 아프게 할 생각은 없었는데, 내가 널 길들이길 원해서……."

"그래, 맞아." 여우가 말했다.

"그런데 넌 울려고 하잖아!" 어린 왕자가 말했다.

"그래, 맞아." 여우가 말했다.

"그럼 넌 이익이 없던 거잖아!"

"이익 본 거 있어. 밀밭 황금빛이 있어." 하고 여우가 말했다.

"장미를 다시 보러 가 봐. 네 장미가 세상에 둘도 없는 한 송이란 걸 알게 될 거야. 그런 다음 내게 작별 인사하러 오면 선물로 비밀 하나 알려 줄게."

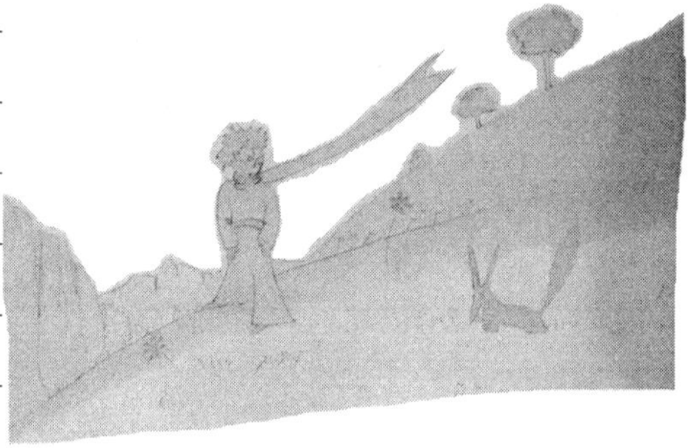

어린 왕자는 장미들을 다시 만나러 갔다.

"너희는 내 장미와 전혀 닮지 않았어. 너희들은 아직 아무것도 아니야. 너희를 길들인 사람은 없고, 너희도 다른 사람을 길들이지 않았어. 내 여우도 너희와 마찬가지였어. 수많은 다른 여우와 같았어. 그렇지만 난 그 여우를 내 친구로 삼았고 지금 그 여우는 세상에서 하나밖에 없는 여우가 되었어."

어린 왕자가 말하자 장미들은 어쩔 줄 몰랐다.

어린 왕자는 또 이런 말도 했다.

"너희들은 아름답긴 하지만 무의미해. 너희들을 위해서 기꺼이 죽을 사람은 없단 말이지. 물론 보통 행인이라면 내 장미를 보고 너희와 비슷하다고 생각할 거야.

그렇지만 나에게는 그 꽃이 너희 모두 합친 것보다 더 소중해. 왜냐하면 내가 물을 주고 유리 덮개를 씌우고 병풍으로 바람을 막아 주고 벌레를 잡아 주었으니까. (나비를 보게 하려구 두세 마리는 남

겨두었지만) 그 장미가 원망하는 소리나 자랑하는 소리나 점잖게 조용히 있는 것까지 들어주었어. 그건 내 장미니까."

어린 왕자는 꽃들에게 말하고 난 후 여우한테 갔다. 그리고 작별 인사를 했다.

"잘 있어."

"그래, 잘 가라. 내 비밀을 말해 줄게. 비밀은 아주 간단해. 잘 보려면 마음으로 보아야 잘 볼 수 있는 거야. 중요한 것은 눈에 보이지 않아."

"중요한 것은 눈에는 보이지 않아." 어린 왕자는 그 말을 잊지 않으려고 되뇌었다.

"네 장미를 소중하게 여긴 건 네 장미를 위해 들인 시간 때문이다."

"내 장미를 위해 들인 시간 때문이야." 잊어버리지 않으려고 어린 왕자는 여우의 말을 되뇌었다.

"사람들은 이 진리를 잊었어. 하지만 너는 잊어버려선 안 돼. 넌 네가 길들인 것에 대해서 영원히 책임을 져야 해. 너는 네 장미를 책임져야 해."

"나는 내 장미를 책임져야 해."

잊지 않기 위해 어린 왕자는 다시 되뇌었다.

22

"안녕." 어린 왕자가 말하니,

"안녕." 하고 철도 직원(철도 선로 변경을 조작하는 사람)이 대답했다.

"아저씨 여기서 뭐 하고 있어?"

"기차 손님들을 천 명씩 분류해서 태운단다. 손님들을 태운 열차를 오른쪽으로 보내거나 왼쪽으로 보내기도 하지."

그 와중에 불 밝힌 특급 열차가 천둥같이 요란한 소리를 내며 철도 직원의 사무실을 흔들었다.

"저 사람들 상당히 바빠 보이던데, 뭘 찾으러 가는 거야?" 어린 왕자가 물었다.

"그것은 기관사 자신도 모르지."

또 다른 특급 열차가 반대편에서 우렁찬 소리를 내며 달려왔다.

"그 사람들 벌써 돌아오는 거야?" 어린 왕자가 물었다.

"아까 그 사람들이 아니라, 두 기차가 서로 엇갈리며 교차하는 거야."

"그 사람들은 자기 사는 곳에 만족하지 않나?"

"자기 사는 곳에 만족하는 사람은 없단다."

이번엔 세 번째 특급 열차가 굉음을 내며 들어왔다.

"이 사람들은 먼저 간 손님들을 뒤쫓아가는 거야?"

"그들은 뒤쫓아가지 않아. 기차 안에서 자거나 하품하지. 그저 어린이들만 유리창에 코를 대고 창밖을 본다고."

"어린아이들만이 자신들이 뭘 찾는지 잘 알고 있어. 아이들은 인형에 많은 시간을 허비하고 낡은 인형이 아주 소중한 것이 되어버리지. 그래서 그걸 **빼앗**기면 아이들은 울고불고 난리 치는 거야." 어린 왕자가 말했다.

"어린아이들은 운이 좋군." 철도 직원이 말했다.

23

"안녕." 하고 어린 왕자가 말하니,

"안녕." 하고 장사꾼이 대답했다.

그는 갈증 해소 효과가 있는 약을 파는 장사꾼이었다. 일주일에 약 한 알 먹으면 다시는 목이 마르지 않는다는 약이었다.

"아저씨, 그걸 왜 파는 거야?"

"이건 시간을 절약할 수 있는 거야. 전문가들이 계산하니 일주일에 53분을 절약할 수 있어."

"그래, 그럼 53분으로 뭘 할 수 있는 거야?"

"자기가 하고 싶은 걸 하지."

어린 왕자는 생각했다.

'내게 53분의 여유가 있다면 샘이 있는 곳을 향해 천천히 걸어갈 텐데.'

24

사막에서 비행기가 고장 난지 여덟 번째 날이었다. 나는 입에 마지막 한 방울의 물을 떨어뜨릴 때, 어린 왕자로부터 장사꾼을 만났던 이야기를 듣고 있었다.

나는 어린 왕자에게 말했다.

"아! 정말 흥미로운 이야기인데 나는 비행기를 아직 못 고쳤어. 이제는 마실 물조차 없어. 샘이 있는 데로 천천히 걸어갈 수 있다면 정말 좋겠구나!"

"내 친구 여우가 이렇게……."

"얘야, 지금 여우 문제가 아니야!"

"왜?"

"물이 없어. 우린 목이 말라 죽을 거야."

어린 왕자는 내 말을 알아듣지 못했다.

"죽더라도 친구를 두었다는 건 좋은 일이야. 나는 여우와 사귀게 되어서 참 좋아."

나는 이런 생각을 했다.

'이 애는 상황이 얼마나 위급한지를 알지 못하는구나. 당최 배도 안 고프고 목도 안 마르고 그저 햇볕만 있으면 충분해 보여.'

어린 왕자는 나를 바라보며 내 생각을 아는 듯 이렇게 대답했다.

"나도 목이 말라. 우리 우물을 찾으러 가."

나는 맥이 탁 풀린 몸짓을 보였다. 끝없이 펼쳐진 사막 한 가운데에서 무턱대고 우물을 찾아 나선다는 것은 어처구니없는 일이다. 그렇지만 우리는 걸음을 옮기기 시작했다.

몇 시간 동안을 아무 말 없이 걷고 나니 별이 빛나는 밤이 다가왔다. 갈증 때문에 미열이 있던 나는 꿈속에서 별들을 보는 것 같았다. 어린 왕자가 내게 한 말이 기억 속에서 춤을 추고 있었다.

"그래 너도 목이 마르단 말이지?"

그러나 그는 내 물음에는 대답하지 않고 이런 말만 했다.

"물은 마음에도 좋을 것일 수 있어."

나는 그의 대답을 이해할 수 없었지만 아무 말 하지 않았다. 그에게 질문해도 대답을 들을 수 없다는 것을 잘 알고 있었다. 어린 왕자는 지쳐서 주저앉았고 나도 그의 옆에 앉았다. 잠시 말이 없던 어린 왕자가 이런 말을 했다.

"별들이 아름다운 것은 눈에 보이지 않는 한 송이 꽃 덕분이야."

"그렇고 말구."

나는 대답한 뒤 아무 말 없이 달빛 아래 펼쳐진 모래 언덕의 물결 자국을 바라보았다.

"사막은 아름다워." 어린 왕자가 말했다.

그것은 사실이었다.

나는 언제나 사막을 좋아했다. 모래 언덕에 앉으면 아무것도 보이지 않고 아무 소리도 들리지 않는다. 그런데도 그 속에서 무언가 빛나는 것이 있었다.

어린 왕자는 이렇게 말했다.

"사막이 아름다운 건 어딘가 우물을 숨기고 있어서 그래."

나는 뜻밖에도 모래가 신비롭게 빛남을 갑자기 이해하게 되었다. 어렸을 적에 나는 오래된 저택에 살았었는데, 그 저택에는 보물이 묻혀 있다는 전설을 들었다. 물론 아무도 보물을 발견하지 못했고 또 찾으려는 사람조차 없었지만, 그러나 그 보물의 전설로 인해서 저택은 매혹적이었다. 저택 깊숙한 곳에 비밀이 간직되고 있었으니까.

"맞아. 어떤 집이든 별이든 사막이든, 그것을 아름답게 만드는 것은 눈에 보이지 않아."

나는 어린 왕자에게 말했다.

"아저씨가 내 여우와 같은 생각을 한다니 난 참 기뻐."

어린 왕자가 잠들자 품에 안고 다시 길을 걸었다. 나는 가슴이 뭉클해졌다. 깨지기 쉬운 보물을 안고 가는 듯했다. 이 세상에 어린 왕자보다 더 여린 존재는 없으리라. 달빛 아래 창백한 이마, 감긴 눈꺼풀, 바람에 흩날리는 머리카락을 보며 나는 생각했다.

'내가 지금 보는 것은 오직 겉모습일 뿐. 가장 중요한 것은 눈에 보이지 않아.'

어린 왕자의 반쯤 벌어진 입술에 빙그레 미소가 머금은 것을 보며 생각했다.

'잠든 어린 왕자가 이렇게까지 내 마음을 감동시키는 것은 이 애가 한 송이 꽃을 향한 변치 않은 마음을 품었기 때문이야. 잠을 자는 동안에도 그의 가슴에서 등불처럼 빛을 내뿜는 한 송이 장미 모습 덕분이야.'

그렇기에 어린 왕자가 더 상처받는 여린 존재란 생각이 들었다. 등불은 잘 지켜야 한다. 바람이 몰아치면 꺼질 수도 있으니까.

이렇게 걷던 나는 해 뜰 무렵에 우물을 발견했다.

25

"사람들은 서둘러 특급 열차로 몰려들지만 정작 무엇을 찾는지 몰라. 갈팡질팡하다가 제자리만 맴돌며 시간을 허비하기만 해. 그럴 필요는 없는데"

어린 왕자가 말했다.

우리가 찾아낸 우물은 사하라 사막에 있는 다른 우물과 달랐다. 사하라 사막의 우물들은 그저 모래에 구멍을 파 놓은 모습이다. 그런데 이 우물은 마을에서 볼 법한 우물이었다. 하지만 주변에 마을이 없기에 나는 꿈을 꾸는 느낌이었다.

"이상해, 도르래, 두레박, 밧줄 모두 마련돼 있구나."

어린 왕자는 웃으며, 도르래 바퀴를 돌려 줄을 당겼다. 그러자 오랫동안 잠들어 있던 낡은 풍향계가 삐걱거리며 바람에 흔들리는 소리를 냈다.

"아저씨 이 소리가 들려? 우리가 우물을 깨우니까 우물이 노래하네."

나는 그에게 힘든 일을 시키고 싶지 않았다.

"내가 할게. 네게 너무 무겁다."

나는 천천히 두레박을 끌어올려 우물 가장자리에 잘 얹었다. 내 귀에는 아직도 도르래의 노래가 들렸고, 출렁거리는 물에는 햇빛

이 흔들리는 것이 보였다.

"난 이 물이 마시고 싶었어. 물 좀 줘."

나는 물통을 들어 그의 입술에 대주었다. 어린 왕자는 눈을 감은 채 물을 마셨다. 물은 축제에 방문한 것처럼 황홀할 정도로 달콤했다. 이 물은 보통 마실 것과 다른 무엇이 있었다. 그것은 별빛 아래 이루어진 행군과 도르래의 노랫소리와 내 팔의 노동이 어우러진 것이었다. 이 물은 어린 시절 내가 받는 성탄 선물을 연상케 했다. 크리스마스트리의 조명, 자정 미사의 음악, 서로 주고받는 사람들의 상냥한 미소가 크리스마스 선물을 빛나게 했듯이 말이다.

"아저씨 같은 지구인들은 정원에 장미 5천 송이를 키우지. 그렇지만 자기들이 찾는 것을 그 안에서 발견하지 못해." 어린 왕자가 말했다.

"그래 맞아. 찾아내지 못한다."

"그렇지만 그들이 찾는 것을 장미 한 송이나 물 한 모금에서 얻을 수도 있어."

"정말이네." 나는 대답했다.

어린 왕자는 덧붙여 말했다.

"눈에 보이지 않아. 마음으로 찾아야 해."

나는 물을 마시고 숨을 내쉬었다. 떠오르는 태양은 사막의 모래는 꿀 빛깔로 적셨다. 이 황금빛으로 빛나는 모래를 보며 행복을 느꼈다. 어떤 이유로 내 마음이 괴로웠던 걸까.

"아저씨, 저번 약속 지켜줘."

내 옆에 앉은 왕자는 상냥하게 말했다.

"무슨 약속?"

"아저씨 약속했잖아. 내 양에 씌울 입마개 말이야. 난 그 꽃에 책임이 있어!"

나는 주머니에서 끄적거려 두었던 그림을 꺼냈다. 어린 왕자는 그림들을 보고 웃었다.

"아저씨가 그린 바오밥나무말이야, 그건 어째 좀 양배추랑 비슷하네."

"그래?"

내가 그린 바오밥나무 그림에 자부심이 있었는데.

"여우는 귀가…… 뿔 같아. 너무 길어!"

어린 왕자는 또 웃었다.

"얘, 말이 너무 심하다. 나는 속이 보이는 보아 뱀과 속이 보이지 않는 보아 뱀만 그릴 줄 안단 말이야."

"응, 괜찮아, 아이들은 다 알고 있다니까."

나는 연필로 입마개를 그렸다. 그 입마개 그림을 어린 왕자에게 주니 가슴이 두근거렸다.

"네가 무슨 생각을 하는지 모르겠구나." 그는 내 말에는 답하지 않고 이렇게 말했다.

"내일은 내가 지구에 떨어진 지 1년 된 날이야."

잠시 입을 다물었다가 다시 말했다.

"바로 이 근처에 떨어졌어." 그는 얼굴을 붉혔다.

나는 왠지 알 수 없는 설움이 북받쳤다. 그러는 와중에 의문이 생겼다.

"그럼, 처음 만났을 때, 내가 너를 알게 된 날 아침, 사람 사는 곳에서 수천 마일 떨어져서 혼자 이렇게 걷고 있던 건 우연이 아니었구나. 네가 떨어진 데로 돌아가는 길이었니?"

어린 왕자는 다시 얼굴을 붉혔다. 나는 잠시 망설이며 다시 말을 이었다.

"아마 1년이 되었기 때문에 그런 거지?"

어린 왕자는 다시 얼굴을 붉혔다. 그는 물어보는 말에 답하지 않았다. 하지만 얼굴을 붉힌다는 건 '그렇다'는 의미 아니겠는가.

"아, 난 두렵구나."

그러나 그 애는 이런 대답을 했다.

"아저씨는 이제 일을 해야 해. 아저씨는 비행기 있는 곳으로 돌아가야 해. 난 여기서 기다리고 있을 테니, 내일 저녁에 다시 와."

그러나 안심이 되지 않았다. 여우 생각이 났다. 길들여진다는 건 눈물 흘릴 일이 생긴다는 뜻인지도 모른다.

26

 우물 옆에 돌담이 무너져 있었다. 다음 날 저녁, 비행기를 수리하고 돌아오니, 어린 왕자가 돌담에 올라앉아 다리를 늘어뜨리고 있었다. 누군가와 말하는 소리가 들렸다.

 "그래 넌 생각이 안 난단 말이야? 여기는 확실히 아니야!"

 말하는 걸 들어보면 저편에서 반박하는 모양이었다. 어린 왕자가 응수했다.

 "아니야! 날짜는 맞지만, 자리는 여기가 아니야."

 나는 그대로 담을 향해 걸어갔지만 아무도 보이지 않았고 말소리도 들리지 않았다. 어린 왕자는 다시 누군가에게 말을 건넸다.

 "……물론이지. 내 발자국이 모래바닥 어디에서 시작하는지를 봐. 거기서 기다리면 돼. 오늘 밤에 거기로 갈게."

 나는 돌담에서 20미터 떨어진 곳에 있었는데, 여전히 아무도 보이지 않았다.

 "네 독 괜찮은 거야? 날 오랫동안 아프게 하지 않을 자신 있어?"

 잠시 가만히 있다가, 어린 왕자는 계속 말했다.

 나는 가슴이 답답했고 그의 말이 무슨 뜻인지 이해할 수 없었다.

 "이젠 가 봐…… 내려갈래."

그제야 나는 담 밑을 내려다보고는 깜짝 놀라 펄쩍 뛰었다. 30초 안에 사람의 목숨을 빼앗을 수 있다는 독을 품은 노란 뱀 한 마리가 어린 왕자를 향해 대가리를 쳐들고 있었다. 나는 주머니에서 권총을 꺼내는 동시에 뛰어들었다. 내 발소리를 들은 뱀은 마치 잦아드는 분수처럼 모래 속으로 기어들어 갔다. 그리고는 가벼운 금속성 소리를 내며 돌 틈으로 슬며시 사라졌다.

담 밑에 도착한 나는 어린 왕자를 품에 안았다. 그의 얼굴은 눈처럼 창백했다.

"도대체 어떻게 된 일이냐? 이젠 뱀하고 이야기를 다 하고!"

나는 어린 왕자의 황금빛 머플러를 풀어주었다. 관자놀이를 물

에 적신 후 물을 마시게 했다. 그러나 그에게 무슨 말을 물어봐야 할지 알 수 없었다. 그는 나를 심각한 표정으로 바라보았고 두 팔로 내 목을 안았다. 그의 가슴이 카빈총에 맞아 죽어가는 새의 박동처럼 뛰고 있었다.

"아저씨가 비행기를 고쳐서 참 기뻐. 이제 아저씨는 집으로 돌아갈 수 있어."

"그걸 어떻게 알았어?"

나는 마침 고장 난 비행기를 고치는 데 성공했다고 그에게 알리려던 참이었다.

어린 왕자는 내 물음에는 대답하지 않고 계속 말했다.

"나도 오늘 내 별로 돌아갈게……" 그리고 쓸쓸하게 말했다.

"내 집은 훨씬 더 멀고…… 그곳을 찾아가는 건 정말 어려워……"

나는 무슨 이상한 일이 생겼다는 것을 깨달았다. 나는 그를 아기를 안듯이 양팔로 꼭 껴안았다. 그러나 걷잡을 새도 없이 그가 끝없는 구멍으로 빠져드는 것만 같았다. 그를 위해 할 수 있는 일은 없었다. 그의 눈길은 희미했고 아주 먼 곳을 향해 바라보고 있었다.

"나에겐 아저씨가 준 양이 있어. 양을 넣어 두는 상자도 있고. 그리고 입마개도 있어……"

그러더니 슬픈 미소를 지었다. 나는 오랫동안 기다렸다. 그의 몸이 조금씩 따뜻해지는 것을 느꼈다.

"얘야, 너 무서웠지."

어린 왕자는 분명 무서웠을 것이다. 그런데도 어린 왕자는 상냥하게 웃으며 말했다.

"오늘 저녁에는 훨씬 더 무서울 거야……."

나는 돌이킬 수 없는 일이 벌어진다는 생각에 다시 한번 등골이 싸늘해졌다. 그리고 내가 어린 왕자의 웃음소리를 영영 듣지 못하게 될 거로 생각하니 견딜 수 없었다. 그의 웃음소리는 내게 있어서는 사막에서 만난 샘과 같았다.

"더 듣고 싶구나, 네 웃음소리를."

하지만 어린 왕자는 내게 말했다.

"오늘 밤이면 꼭 1년이 되는 날이야. 내 별은 정확히 내가 작년에 떨어졌던 장소 위에 와 있을 거야."

"얘야, 그 뱀 하고 만난 이야기, 별 이야기는 모두 악몽 같은 거지?"

그러나 내 말에는 대답하지 않고 말했다.

"중요한 건 눈에 보이지 않는 거야……"

"그렇고말고……"

"꽃도 마찬가지야. 어떤 별에 있는 꽃을 좋아하면 밤하늘에 별을 바라보는 게 아늑한 기분이 될 거야. 모든 별에 꽃이 피니까."

"그래."

"물도 마찬가지야. 아저씨가 내게 먹여준 물은 도르래하고 밧줄 덕분에 음악 같았어. 아저씨 생각나지. 물도 참 맛있었지."

"그렇고말고."

"아저씨, 밤이 되면 별들을 봐. 내 별은 너무 작아서 어디 있는지 아저씨한테 보여줄 수가 없어. 그게 더 나아. 내 별이 아저씨에게는 여러 별 중의 하나가 될 거야. 그러면 아저씨는 어느 별이든지 모두 바라보는 게 좋을 거야. 그 별들이 모두 아저씨의 친구가 되어줄 거야. 그리고 나 아저씨한테 선물을 하나 줄 건데."

그러면서 어린 왕자가 웃었다.

"얘야, 나는 네 웃음소리가 좋다!"

"바로 그것이 내 선물이야. 물도 마찬가지야."

"무슨 말이니?"

"사람들은 언제나 별을 보지만, 별은 각자 다른 의미가 있어. 여행하는 사람에게 별은 길잡이야. 어떤 사람에게는 별은 그저 작은 불빛으로만 봐. 학문 연구자에게는 별은 풀어야 할 수수께끼야. 내가 말한 사업가는 별이 금으로 보이겠지. 그 별들은 말이 없는데 말이야. 그런데 아저씨는 별을 다른 사람들이 보는 의미와는 다르게 보게 될 거야."

"무슨 말이니?"

"내가 수많은 별 중 한 곳에 살고 있을 테니까. 내가 그곳에서 웃고 있을 테니까. 아저씨가 밤하늘을 쳐다보면 모든 별이 웃는 것으로 보일 거야. 그러니까 아저씨는 웃을 줄 아는 별들을 가지게 될 거야!" 그러면서 어린 왕자는 다시 웃었다.

"그리고 슬픔이 가라앉은 다음(언젠가는 슬픔이 가라앉는 법이니까)에는, 아저씨는 나를 만난 걸 기쁘게 생각할 거야. 아저씨는 언제까지나 내 친구일 거야. 나하고 웃고 싶어 할 거야. 그러다 그저 괜히 창문을 열 때가 있겠지. 아저씨가 하늘을 보며 웃는 걸 보고 친구들이 아주 이상히 여기겠지. 그러면 아저씨는 이렇게 말할 걸. '응, 별들은 언제든지 날 웃음 짓게 하네!' 그러면 친구들은 아저씨를 미쳤다고 여길 거야. 그럼 난 아저씨한테 아주 못할 짓을 저지른 셈이 되는데……."

그러면서 어린 왕자는 다시 웃었다.

"그건 아저씨한테 별들 말고 웃을 줄 아는 작은 방울들을 잔뜩 준 거 같아."

다시 한번 웃다가 순간 웃음을 거두고 심각한 얼굴로 말했다.

"오늘 밤에 아저씨 알지…… 오늘 밤엔 오지 마."

"난 네 곁을 떠나지 않을 테다."

"아마, 나는 아픈 것처럼 보일 거야. 죽어가는 것처럼 보일 거야. 원래 그런 거야. 보러 오지 마. 올 필요 없어……"

"난 네 곁을 떠나지 않을 거다."

그러나 어린 왕자는 걱정 어린 표정을 지었다.

"아저씨한테 이런 말을 하는 건……. 뱀 때문에 그래. 아저씨가 물리면 어떻게 해. 뱀들은 사나워. 괜히 장난삼아 물기도 해."

"난 네 곁을 떠나지 않을 거야."

어린 왕자는 안심이 되는 모양이었다.

"하긴 두 번째 물 때는 독이 없다고 했으니까……."

그날 밤 나는 그가 길을 떠나는 것을 보지 못했다. 소리 없이 사라졌다. 내가 찾아갔을 때, 그는 서슴지 않고 빠른 걸음으로 걸었다. 그는 나를 보고 이렇게 말했다.

"아, 아저씨네."

그리고는 내 손을 잡았다. 그는 다시 걱정했다.

"아저씨는 오지 말았어야 했어. 걱정하게 될 테니 말이야. 내가 죽은 것처럼 보이겠지만 그것은 사실이 아니야……."

나는 잠자코 있었다.

"아저씨는 이해할 거야. 그 별은 너무 멀어. 그래서 내 몸을 끌고 갈 수가 없어, 너무 무거우니까."

나는 잠자코 있었다.

"내 몸은 버려야 할 허물 같을 거야. 묵은 허물은 슬프지 않아."

나는 잠자코 있었다. 어린 왕자는 이제 의기소침했다. 그러나 다시 힘을 냈다.

"아저씨, 아늑할 거야. 나도 별들을 쳐다볼 테야. 모든 별이 녹슨 도르래 달린 우물이 될 거야. 모든 별이 내게 마실 물을 줄 거야."

나는 잠자코 있었다.

"참 재미있을 거야! 아저씨는 5억 개의 방울을 갖게 되고 나는 5억 개의 샘을 갖게 될 거야……"

그리고는 어린 왕자가 입을 다물었다. 그는 울고 있었다.

"다 왔어. 나 혼자 있게 한 걸음 옆에 있어 줘."

그러더니 어린 왕자는 주저앉았다. 겁이 났다.

또 어린 왕자는 이런 말을 했다.

"있잖아. 아저씨. 내 장미 말이야…… 그 꽃은 내 책임이야. 장미는 몹시 약해! 너무 순진하고. 어쭙잖은 가시 네 개를 가지고 세상에 맞서서 제 몸을 보호하려고 해……"

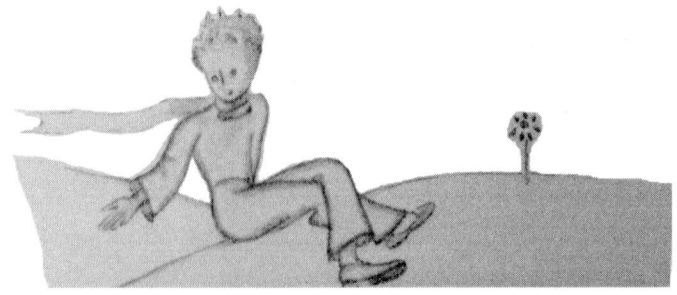

나는 더 서 있을 힘이 없어서 주저앉았다. 그는 말했다.

"자, 이제 끝이야."

그는 잠시 망설이더니 몸을 일으켰다. 한 걸음을 내디뎠다. 나는 꼼짝할 수 없었다.

그의 발목에서 노란빛이 반짝였다. 그는 한동안 움직이지 않고 그대로 서 있었다. 소리를 지르지 않았다. 나무가 넘어지듯 조용하게 어린 왕자는 바닥으로 쓰러졌다. 모래바닥이어서 소리조차 나지 않았다.

27

그래 그러니까 지금으로부터 벌써 여섯 해나 지났다. 나는 아직 이 이야기를 한 번도 한 적이 없었다. 나를 다시 만난 동료들은 내가 살아 돌아온 것을 무척 기뻐했다. 나는 슬펐지만 그들에겐 '고단하네'라고 말했다.

지금은 슬픔이 조금 가시었다. 그러니까 아주 완전히 가시지는 않았다. 그러나 그 애가 자기 별로 돌아가지 않았다는 것을 잘 안다. 해 뜰 무렵에 보니 그의 몸이 사라졌으니까. 그의 몸은 그렇게 무겁지 않았다. 그리고 나는 밤에 별들의 웃음소리를 듣는 걸 좋아한다. 그것은 마치 5억 개의 방울이 울리는 것과 같다.

그런데 참 이상한 일이 하나 생겼다. 어린 왕자에게 그려준 입마개에 가죽끈을 달아야 한다는 걸 깜박 잊어버린 것이다. 어린 왕자는 그 입마개를 양에게 씌우질 못했을 거다.

그래서 나는 생각했다.

'그 애 별에서 무슨 일이 생겼을까? 양이 꽃을 먹어 치웠는지 몰라⋯⋯.'

그러다가 또 이런 생각도 한다.

'그럴 리가 없지! 어린 왕자는 밤마다 장미에 유리 덮개를 씌워

주잖아. 양을 잘 감시하니까.'

그러면 나는 행복해진다. 모든 별이 고요하게 웃는다.

어떤 때는 또 이런 생각도 든다.

'언제고 한 번쯤 깜빡할 때도 있는데, 그러면 끝이다. 어느 날 저녁 그 애가 유리 덮개 씌우는 것을 잊는다거나 양이 밤중에 소리 없이 밖으로 나가거나 했다면……'

그러면 방울들은 모두 눈물로 변한다.

이것은 정말 알 수 없는 수수께끼다. 어린 왕자를 사랑하는 독자에게는, 나도 마찬가지이지만, 우리가 알지 못하는 곳에서 양이 장미를 먹었는지 아닌지에 따라 우주가 달라진다니 말이다.

하늘을 바라보고 자신에게 질문하라.

'양이 장미를 먹었을까, 먹지 않았을까?'

그러면 여러분은 모든 게 달라진다는 걸 알게 될 것이다. 그런데 어른들은 그것이 중요한 점임을 아무도 이해하지 못할 것이다.

이것이 내게 있어서는 세상에서 가장 아름답고 슬픈 풍경이다. 앞장에 있던 것과 같은 풍경이지만, 여러분에게 잘 보여주려고 한 번 더 그렸다. 어린 왕자가 지구에 나타났다가 사라진 장소가 여기다.

언젠가 여러분이 아프리카 사막을 여행한다면, 이곳을 알아볼 수 있도록 이 풍경을 똑똑히 봐 두었으면 한다. 만일 이곳을 지나게 된다면, 부탁한다. 서두르지 말고 바로 별 아래에서 기다렸으

면 한다.

만일 그때 어떤 아이가 그대에게 다가와 소리 내 웃는다면, 그 애의 머리카락이 금발이고 물어봐도 대답이 없다면, 그대는 그 애가 누군지 충분히 짐작할 수 있으리라. 그렇다면 부디 아이에게 친절을 베풀어 달라! 그리고 슬퍼하는 나를 내버려 두지 말고 그가 돌아왔다고 편지를 보내주기를. 아이가 돌아왔음을 알려주기를.

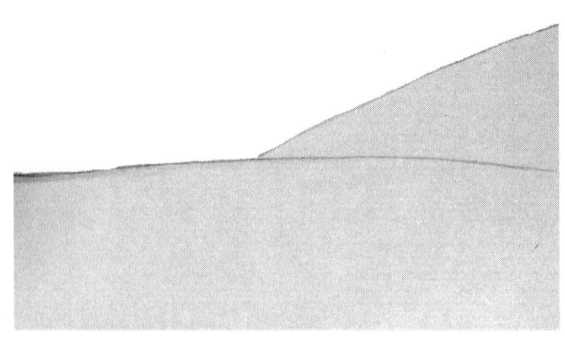